Sur l'auteur

Anne Perry, née en 1938 à Londres, est aujourd'hui célébrée dans de nombreux pays comme la reine du polar victorien grâce au succès de ses deux séries, les enquêtes de l'inspecteur amnésique William Monk, et celles du couple Charlotte et Thomas Pitt – dont le fils, Daniel, a pris ensuite la relève à l'orée du XXe siècle. Elle s'est également intéressée à d'autres périodes historiques telles que le Paris de la Révolution française (*À l'ombre de la guillotine*), la Première Guerre mondiale (la saga des Reavley), ou encore Byzance au XIIIe siècle (*Du sang sur la soie*). Anne Perry partage sa vie entre Inverness (Écosse) et Los Angeles.

ANNE PERRY

LE CORBEAU DE NOËL

Traduit de l'anglais
par Pascale Haas

INÉDIT

10
18

Titre original :
A Christmas for Redemption

ISBN 978-2-264-07818-6
Dépôt légal : novembre 2021

À tous ceux qui, dans les périodes difficiles,
ont l'audace de croire.

PREMIÈRE PARTIE

Celia vit que le pasteur était tout seul sous le porche de l'église et en profita pour aller lui parler. Elle voulait lui dire un mot gentil sur l'excellence de son sermon, quelque chose de mieux qu'un banal « Vous avez bien parlé » qui signifiait à la fois tout et rien.

— C'était vraiment magnifique ! Vous m'avez fait entendre ce message comme une bonne nouvelle, lui dit-elle en souriant. Et alors qu'on le répète chaque année à Noël et à Pâques, vous lui avez donné le poids d'un sens nouveau… Mais vous le savez sûrement !

Il n'en était rien, elle en était persuadée.

Comme tous les dimanches, les paroissiens arboraient leurs plus beaux habits. Les femmes portaient des voilettes et des fourrures, les hommes tenaient leur chapeau à la main, les plus riches étaient emmitouflés dans des manteaux à col d'astrakan. Et tout le monde avait des gants. Les rafales glaciales qui soufflaient de la Tamise semblaient traverser l'épaisseur hivernale des vêtements les plus coûteux. Mais à cet instant, comme Celia, tous étaient subjugués par le pasteur.

En temps normal, le révérend Arthur Roberson n'était pas un orateur très enthousiaste. Il avait un beau visage, des manières douces et, quoiqu'il ait à peine plus que la cinquantaine, des cheveux gris en abondance. Sa voix, claire et modulée, chantait avec puissance. Ses sermons étaient en général convenables, guère plus. Mais ce jour-là, il s'était exprimé avec une passion inaccoutumée, d'une voix musicale, le visage illuminé par la force de ses émotions.

— C'est le message de l'Évangile, le sens que revêt Noël pour l'humanité sur la terre entière, répondit le pasteur. Depuis l'an 1 de Notre-Seigneur jusqu'à cet an de grâce 1872, personne n'en est exclu. Et toujours, le repentir est possible pour chacun, et pour tous les péchés. Nul ne peut commettre un acte ou avoir une pensée sans que Dieu en ait connaissance, enchaîna-t-il en écartant les bras, le regard brillant. On ne saurait imaginer qu'il existe une faute qu'Il n'ait déjà vue, et pardonnée. Telles sont Sa miséricorde et Sa compassion, à condition toutefois que l'on accepte de se repentir ! Aussi bien des petits péchés d'étourderie du quotidien que de la négligence du chagrin d'autrui et de toute la souffrance qu'engendre l'indifférence…

Il secoua la tête.

— Même les profondeurs de la violence ou de la dépravation qui confèrent au cauchemar, rien ne demeure inaccessible au Seigneur !

Un homme se dirigeait vers eux, sans regarder qui que ce soit ni parler à personne. Il s'immobilisa devant le pasteur, de sorte que celui-ci ne put faire autrement que le remarquer. Seth Marlowe était un membre éminent de la paroisse, un maître à penser qui ne mâchait pas ses mots et qui exprimait son opinion plus souvent que Celia ne l'aurait souhaité. Elle pensait cela parce qu'elle ne l'aimait pas, ce qui la remplissait de honte, mais également parce que Marlowe lui paraissait d'une rigidité inutile, se montrant inflexible là où elle aurait vu des raisons de faire des exceptions. « À brebis tondue, Dieu mesure le vent ». Ce qu'une personne considérait comme une chose négligeable pouvait en blesser une autre au plus profond d'elle-même.

Celia le savait, Seth Marlowe avait beaucoup souffert de la mort de sa femme, survenue quelques années auparavant, tout comme du départ de sa fille, leur unique enfant. Aussi aurait-elle dû s'efforcer de faire pour lui une exception, elle se le répétait régulièrement. Une autre bonne raison d'en faire une aurait été que Seth Marlowe était le beau-frère d'Arthur Roberson. La dernière épouse du pasteur avait été sa sœur, morte jeune elle aussi, laissant en deuil ces deux hommes si dissemblables. Les deux femmes étaient mortes de manières très différentes : Una Roberson avait lentement succombé à la tuberculose en passant par divers degrés de souffrance, mais elle avait été aimée avec sincérité et s'était éteinte dans son lit. Bien que le pasteur continuât à la pleurer en silence, il avait rempli sa vie en accomplissant son devoir tel qu'il le concevait, en servant tout le village avec bonté. Celia trouvait cependant qu'il faisait parfois preuve de trop d'indulgence ou, pour le dire moins gentiment, de faiblesse. Aussitôt, elle eut honte d'une telle pensée. Elle ne savait rien des secrets du sentiment de culpabilité qui animait les autres, de l'abandon, du désespoir ou de l'extrême solitude qu'ils ressentaient, ou de leur peur qu'il n'y ait ni justice, ni pardon, ni amour en ce bas monde.

Cependant, du moins à en croire son mari, Rose Marlowe avait déserté son foyer, les avait abandonnés, lui et leur unique enfant, pour partir Dieu sait où. Marlowe pensait qu'elle avait vécu dans la rue. Rose avait fini très vraisemblablement par se donner la mort, laissant son époux hanté par un genre de chagrin différent, et une colère qui ne l'avait jamais quitté.

À cet instant, Seth Marlowe avait clairement l'intention de parler au pasteur, et il ne voulait pas attendre davantage.

Celia se rappela qu'elle-même n'avait jamais connu de trahison ni de chagrin comme cet homme. Elle aurait dû être plus bienveillante, elle le savait, non seulement s'efforcer de le comprendre, mais admettre qu'elle ne le comprenait pas. Et aussi, moins le juger et montrer plus de bonté. Mais elle ne l'aimait pas et, de ce fait, ne s'en aimait que moins.

— Bonjour, Mr. Marlowe, dit-elle en se forçant à sourire. Ce sermon n'était-il pas extraordinaire ? Je suis persuadée que chacun d'entre nous en aura tiré profit et repartira chez lui enrichi.

— J'espère qu'ils repartiront en étant meilleurs. Car un bon sermon est bien plus qu'un réconfort, Miss… euh… Mrs. Hooper. C'est là le véritable sens de Noël, que d'aucuns oublient trop souvent en s'adonnant à des festivités !

Il écarta Celia d'un geste et se tourna vers le pasteur.

— Arthur, puis-je vous dire un mot ? Il faut que je vous parle d'une chose importante.

— Bien sûr, répondit le pasteur.

Il écoutait toujours tout un chacun, quoi qu'il ait à dire.

Celia se demanda s'il ne lui arrivait jamais de perdre patience et de conseiller à ses ouailles d'affronter elles-mêmes leurs problèmes.

— Je tiens à ce que vous soyez le premier au courant, reprit Marlowe en jetant un regard glacial à Celia, qui ne bougea pas.

Il avait choisi de venir les interrompre dans un endroit public. Elle n'allait tout de même pas se laisser congédier par ce goujat !

— Je vais épouser Clementine Appleby, annonça Marlowe en esquissant une sorte de sourire. Dès qu'il nous sera possible de nous unir sans offenser les règles qu'impose la décence.

Tandis qu'il continuait à parler, Celia se figea. Clementine était son amie la plus proche dans ce village du bord de la Tamise, à un jet de pierre de Londres. La jeune femme avait un peu plus de trente ans, ce qui, pour un premier mariage, était déjà vieux lorsqu'on était une femme et, compte tenu de sa propre expérience de la solitude et de l'exclusion, Celia la comprenait bien. Moins d'un an auparavant, alors qu'elle-même avait passé la quarantaine, elle avait épousé un homme dont elle était profondément amoureuse. Et c'était un bonheur qu'elle souhaitait à tout le monde, en particulier à Clementine. Mais qu'elle se marie avec cet homme amer et cruel ? Non, ce n'était pas possible !

Marlowe était en train de l'observer d'un œil réprobateur.

— Vous ne vous réjouissez pas pour moi, Mrs. Hooper ? Et pour votre amie Clementine ? Elle aura une position sociale supérieure à la vôtre, car votre mari est employé sur les docks, je crois, ou quelque chose de ce genre…

— Il est officier supérieur dans la police fluviale de la Tamise, rétorqua Celia.

Elle faillit ajouter qu'elle l'avait épousé par amour, non pour acquérir un statut social, mais le dire eût été mesquin et aurait laissé entendre que c'était le cas de Clementine, ce qu'elle ne croyait pas une seconde.

Marlowe la regarda avec un petit sourire narquois.

Celia eut envie de lui lancer qu'il était évident que Clementine ne pouvait l'épouser que pour sa position. Ce ne pouvait être par amour. Cependant, elle ne voulait pas penser cela de son amie qui, comme elle, n'avait aucune famille proche. À l'instant où elle s'apprêtait à dire quelque chose de plus aimable, Roberson la prit de court :

— Nous sommes tous égaux devant Dieu, Seth. Nombre de grands esprits se présentent sous la forme la plus humble, ne l'oubliez pas. Je pense que Clementine en fait partie. Étant donné que vous êtes très riche, je suis certain que vous prendrez soin d'elle, et que la rendre heureuse sera votre priorité.

Celia nota l'air pincé du pasteur, comme une sorte de vide dans son regard. Était-il aussi outré qu'elle, voire effrayé ?

— J'aimerais discuter avec vous des dispositions à prendre, dit Marlowe. En privé, si possible…

Il jeta un regard noir à Celia et enchaîna :

— Je ne souhaite pas que Mrs. Hooper participe à l'organisation de ce mariage. Elle exerce une mauvaise influence sur Clementine. Je ne voudrais pas paraître désagréable, mais… elle a des idées inconvenantes sur toutes sortes de sujets, dit-il en élevant la voix afin que tout le monde l'entende. Sans compter qu'elle a eu son nom étalé dans les journaux ! ajouta-t-il avec un sourire fielleux. Et pas dans les pages du carnet mondain, mais dans les colonnes judiciaires qui relatent les crimes ! Je n'en dirai pas davantage, Arthur, néanmoins, j'espère que vous comprendrez qu'il est de mon devoir envers ma future épouse de la protéger de toute influence indésirable… et de tout scandale !

Celia eut l'impression de recevoir une gifle, au point qu'elle en eut presque le souffle coupé. Elle savait pertinemment à quoi Marlowe faisait allusion.

Il s'agissait d'une affaire qui remontait à un an, au cours de laquelle elle avait rencontré John Hooper, un enquêteur de la police, au moment où elle avait connu la plus grande horreur et la pire tragédie de sa vie : l'enlèvement suivi du meurtre de sa cousine adorée, Katherine. Son mari, Harry Exeter, avait été accusé du crime, ainsi que celui d'une femme qui s'apprêtait à témoigner contre lui. Durant l'enquête, Celia était tombée amoureuse de Hooper. Quand Exeter avait découvert que ce dernier avait été autrefois marin, et qu'il avait mené une mutinerie contre un capitaine qui avait mal calculé la position de son bateau et avait failli le faire échouer sur un récif, ce qui aurait déchiré la coque et condamné tous les hommes à périr noyés, il s'était servi de cette information pour obliger Celia à lui fournir un alibi. Peu lui importait que Hooper ait sauvé des vies, en même temps que, dans une certaine mesure, la réputation du capitaine. La seule chose que voulait Exeter était de se voir innocenter des deux meurtres. Si Celia mentait, le secret de Hooper serait préservé. En revanche, si elle révélait ce qu'elle savait, Exeter serait pendu, mais il veillerait à ce que Hooper le soit également. Car ce que l'ancien marin avait entrepris dans le but de sauver des vies avait bel et bien été une forme de rébellion, un acte qui constituait un délit majeur. Et même si, par miracle, il échappait à la corde, il perdrait certainement son poste à la police fluviale. Celia avait par conséquent fait la seule chose possible : elle avait menti au tribunal.

Marlowe avait néanmoins raison : il en avait été question dans les pires journaux, qui en avaient fait toute une histoire en racontant que son amour évident pour Hooper l'avait amenée à commettre un parjure. Les articles avaient oublié de préciser que le juge ne lui en avait pas tenu rigueur et qu'aucune accusation n'avait été retenue à son encontre.

Là, devant l'église, alors que, pétrifiée et le visage en feu, elle regardait Marlowe, tout le malheur et la peur qu'elle avait ressentis au cours de cette période revinrent la submerger. Elle n'en avait jamais parlé à Arthur Roberson, cependant ce n'était pas cette omission qui la dérangeait. C'était l'humiliation d'avoir été exposée publiquement comme une femme si éprise d'un homme que, bien qu'il ne lui ait fait aucune avance, elle avait été prête à faire une telle chose pour le protéger. Un acte qui avait semblé totalement désespéré… et pathétique !

Les deux hommes la regardaient.

Roberson prit le premier la parole.

— Je suis étonné que vous lisiez ce genre de journaux, Seth. Ils ne font que remuer la boue. J'avais une meilleure opinion de vous… Si vous aviez choisi de lire le *Times*, il vous aurait appris qu'Exeter a été reconnu coupable, que la police fluviale a accompli un travail remarquable et que la mort abominable de Katherine Exeter a…

— Vous ne voyez jamais la vérité chez les gens, Arthur ! l'interrompit Marlowe. Vous placez les femmes sur un piédestal. C'est absurde ! Quand elles en tombent, comme c'est inévitable, elles ne se contentent pas de détruire leur réputation, elles détruisent le cœur d'autres personnes, et trop souvent leur âme !

Roberson, en proie à trop d'émotions, demeura sans voix.

— Quoi qu'il en soit, vous n'impliquerez pas Mrs. Hooper dans mes affaires ! reprit Marlowe. Est-ce bien clair ?

Sans attendre la réponse, il tourna les talons et s'éloigna.

Celia inspira un grand coup.

— À mon avis, il n'a pas compris le message que vous avez délivré sur le pardon, Arthur.

Ravalant ses larmes, elle parvint à esquisser un petit sourire et rentra chez elle.

À mi-parcours de la route qui montait légèrement, Celia se réjouissait à l'idée de retrouver la chaleur et la douce familiarité de sa maison lorsqu'elle entendit des pas derrière elle. Elle n'était pas du tout d'humeur à faire la conversation, d'autant que le vent qui soufflait du fleuve lui cinglait la figure. Elle se retourna à l'instant même où Clementine Appleby arrivait à sa hauteur, les yeux brillants, la peau pâle de son visage rosie par le froid. La jeune femme n'était pas belle à proprement parler, mais il émanait d'elle un éclat chaleureux qui la rendait singulière. Celia aimait son humour, sa joie face à des choses inattendues, comme les canards avec leurs pieds palmés, les couronnes de brume sur la Tamise dans la lumière du petit matin, les crêpes croustillantes arrosées de jus de citron, ou encore porter des chemisiers roses plutôt que des blancs.

— J'ai essayé de te rattraper, haleta Clementine. Oh, Celia… je suis tellement heureuse ! Je ne peux pas encore tout te raconter, mais il fallait absolument que je te le dise… Toi, tu comprends toujours tout ! Tu es la meilleure amie que j'aie jamais eue… J'aurais tant voulu pouvoir annoncer la nouvelle à ma mère…

Ses yeux s'embuèrent une seconde, mais elle se ressaisit et réprima ses larmes d'un battement de cils. Clementine ne parlait presque jamais de sa famille ; Celia avait compris que c'était un sujet qu'il fallait éviter d'aborder. La jeune femme n'avait ni frères ni sœurs et, apparemment, sa mère était décédée depuis déjà quelque temps. Gardant ses sentiments pour elle, Celia s'obligea à sourire.

— Voudrais-tu venir chez moi boire une tasse de thé ? proposa-t-elle. Le vent est cruel sur cette butte… C'est sans doute le prix à payer pour profiter de la vue !

Elle contempla le ruban d'eau qui scintillait dans la lumière glaciale, parsemé de bateaux, de péniches, de ferries et, malgré la saison, de quelques voiliers de plaisance.

— Je peux ? Ce serait avec plaisir, mais… ton mari n'attend-il pas que tu lui serves son déjeuner du dimanche ? demanda timidement Clementine, qui craignait toujours de déranger.

— Pas encore. Il est à son travail.

— Il est toujours dans la police fluviale ?

— Oui, répondit Celia avec fierté.

Elle découvrait en permanence la patience que requérait ce métier, la dureté des longues heures passées sur l'eau, par tous les temps et la nécessité de connaître les vents et les marées, mais aussi de faire face à toutes sortes d'hommes, de cargaisons, d'armes et de tragédies. Elle admirait la force tranquille de son mari, une force mentale plus encore que physique.

Clementine inspira à fond avant de se lancer :

— Je vais me marier !

Les mots jaillirent de sa bouche, trop grands pour qu'elle les retienne davantage.

Celia observa les yeux brillants de son amie, son sourire irrépressible. Elle savait quels rêves se cachaient derrière le rempart de cette joie, car elle aussi les avait eus, et cela ne remontait pas à si longtemps. Elle-même s'était mariée bien après avoir renoncé à l'espoir de connaître un jour la sécurité, la dignité et la reconnaissance que procurait le mariage. Et, peut-être et surtout, le sentiment d'être indispensable à quelqu'un. L'amour était autre chose, un rêve en soi. Celia avait trouvé tout cela et le vivait comme une aventure aussi étrange qu'exaltante. C'était encore nouveau pour elle. Certes, s'habituer à certaines choses était difficile : le manque d'intimité par moments, l'obligation de céder, de changer d'avis assez souvent tout en gardant son opinion pour soi. Néanmoins, c'était merveilleux.

Instinctivement, elle prit Clementine dans ses bras et la sentit se détendre puis la serrer à son tour.

— C'est formidable ! s'exclama Celia de bon cœur. Je crois que je suis presque aussi heureuse que toi. Tu as été tellement discrète… Je ne savais pas.

Dans le secret de son cœur, elle regretta que son amie n'épouse pas le pasteur. Il était très seul et, en dépit de leur différence d'âge, Clementine aurait été pour lui une femme parfaite. Toute la paroisse se serait réjouie. Mais elle ne devait pas le dire. Il fallait que son sourire ait l'air sincère, à la fois surpris et ravi.

Clementine la regarda, indifférente au vent glacial.

— Je vais épouser Seth Marlowe, dit-elle. C'est un homme très bon. Après tout le chagrin qu'il a enduré, j'espère que je saurai le rendre heureux.

Celia se sentit glacée jusqu'aux os, comme si on lui avait arraché ses vêtements, laissant sa peau à nu sous les couteaux du vent.

Clementine attendait sa réaction.

Celia réfléchit à toute vitesse. Elle ne devait surtout pas blesser la jeune femme. Maudit soit Seth Marlowe !

— Je n'en savais rien, dit-elle.

C'était stupide. Dis quelque chose de bien sur lui !

— Tu crois que je le rendrai heureux ? demanda Clementine. Et que je serai capable de m'élever à son niveau ?

Une ombre passa dans le regard de la jeune femme.

Celia ne trouvait pas quoi répondre, et elle s'aperçut que Clementine s'en rendait compte.

— Je sais que je n'appartiens pas au même monde que lui, ajouta cette dernière. Mais je peux apprendre... Je peux.

— Qu'est-ce qui te fait penser une chose pareille ?

Celia était outrée. Soudain lui revinrent en mémoire diverses petites choses que Clementine lui avait racontées sur ses origines, son manque d'éducation, son absence de statut. Estimant que c'était sans importance, Celia ne lui avait jamais posé aucune question.

— Clementine... ?

Celle-ci rougit d'embarras, et son regard perdit d'un coup la joie qui l'avait animé quelques secondes plus tôt.

— Clementine, que faisait ton père ? Quel était son métier ?

Celia savait que c'était sur ce critère que l'on jugeait les gens, même si cela n'avait pas grand-chose à voir avec la personne qu'ils étaient réellement.

— Je ne le sais pas, murmura la jeune femme en baissant les yeux pour éviter son regard.

— Tu ne sais pas ce qu'il... ?

Brusquement, la vérité lui apparut, comme si on venait de lui asséner un coup.

— Tu ne sais pas qui était ton père ! s'exclama Celia en l'agrippant très fort par les bras comme si elle voulait la soulever.

— Non, admit la jeune femme dans un soupir.

— Ta mère t'a élevée seule ?

— Oui, répondit Clementine en redressant la tête, le regard fier. Et elle m'a donné tout ce qu'elle a pu, elle m'a aimée, éduquée, protégée…

Le vent souleva ses cheveux, mais elle n'y prêta pas attention.

— Tu n'as pas besoin de le préciser, lui assura Celia. Je le vois bien dans tout ce que tu es, dans ce que tu dis et fais… Je suis nettement plus inquiète que Seth Marlowe ne soit pas assez bien pour toi.

Elle le dit comme une vérité amère. S'il faisait du mal à Clementine, ce serait un péché que Dieu lui pardonnerait, mais pas Celia.

— C'est un homme d'une grande bonté, protesta Clementine. Quand tu le connaîtras mieux, tu comprendras. Il y a chez lui une pureté à laquelle je vais devoir essayer de me mesurer… Tu m'aideras ?

— Naturellement, promit Celia en se disant que c'était la seule réponse possible. À chaque étape du chemin, ajouta-t-elle. Il va falloir qu'on pense à ta robe de mariée…

— Je voudrais quelque chose qui ne soit pas cher mais gracieux, dit Clementine d'un air grave avant de sourire timidement.

— Nous t'aiderons tous. Tout le monde sera heureux pour toi. Toutes les femmes de la paroisse.

— Tu crois ?

— Mais oui ! À part les envieuses, bien sûr !

Quitte à mentir, autant le faire jusqu'au bout !

Clementine sourit, et la petite étincelle revint dans ses yeux.

— Je savais que tu serais contente pour moi. Ça ne t'ennuie pas si je m'en vais ? Je voulais juste te prévenir…

— Non, pas du tout, répondit Celia.

Et elle le pensait vraiment. Elle avait besoin d'être seule, le temps d'encaisser la nouvelle.

Celia prit un déjeuner léger à la table de la cuisine. Elle préparerait un repas chaud qu'elle partagerait avec Hooper lorsqu'il rentrerait, probablement après la nuit tombée. À l'issue d'une longue journée sur la Tamise, il serait fatigué, et sans doute frigorifié, même s'il ne semblait pas souffrir du froid autant qu'elle. Les années passées en mer avaient dû l'aguerrir. Elle ne comprenait pas comment on pouvait choisir un métier aussi dur et dangereux, sinon par obligation de pourvoir à ses besoins, ou à ceux d'autres personnes. Elle frissonna en songeant que son mari avait probablement été dans cette situation, qu'il avait vu un moyen d'échapper à la pauvreté en allant affronter les périls de l'océan.

Un soir, alors qu'elle était au chaud et à l'abri dans son lit, étendue à son côté en écoutant sa respiration régulière, elle l'avait interrogé sur ce qu'il en était. Hooper n'était guère bavard, mais, ce soir-là, il lui avait parlé longuement. Il lui avait décrit la beauté de l'océan ; la lumière dans le ciel qui semblait s'étendre partout alentour, l'immensité d'un horizon à l'autre qui dépassait l'imagination ; les étoiles scintillant dans l'obscurité quand il n'y avait ni lune pour en éclipser l'éclat, ni lumières ni brouillard pour en atténuer la splendeur.

— On a l'impression qu'il suffirait de tendre la main pour les toucher, lui avait-il dit. Et on pense à Dieu qui a créé toutes ces étoiles, bien plus nombreuses qu'un homme ne saurait en compter au cours d'une vie, quand bien même il ne ferait rien d'autre.

Celia avait compris la profondeur de ses paroles, leur intensité.

— Peut-être que l'on devrait tous voir cela au moins une fois, avait-elle dit. L'importance que l'on se donne paraît un peu absurde… Tu crois que Dieu a le sens de l'humour ?

Hooper l'avait enlacée.

— Il le doit ! Peut-être qu'Il rit ou qu'Il crie contre nous.

— Est-ce que tu retourneras en mer un jour ? avait-elle demandé, le regrettant aussitôt.

Elle n'avait pas le droit de poser la question. Et sans doute préférait-elle ne pas connaître la réponse.

— Tu viendrais avec moi, Celia ?

Il lui avait caressé les cheveux, comme s'il prenait plaisir à sentir leur douceur sous ses doigts.

— Je serais terrorisée, mais oui, je viendrais. Ce serait mieux que de rester ici sans toi.

— J'ai vu tant de choses merveilleuses ! avait murmuré son mari. Je te raconterai.

Et depuis cette nuit, peu à peu, il l'avait fait. Bien qu'il s'exprimât dans un langage simple, l'amour et le respect que lui inspirait la beauté imprégnaient ses paroles. En y repensant, Celia sourit.

Ce dimanche après-midi, Clementine fit ce qu'elle faisait depuis plusieurs années, non pas tous les dimanches, mais au moins deux ou trois par mois. Elle se rendit dans un refuge où on accueillait des femmes de la rue qui étaient malades, affamées ou sans abri, et qui souvent se prostituaient. La première fois qu'elle y était allée, trois ans plus tôt, c'était avec sa tante Lily, une femme généreuse qui faisait en toute discrétion ce dont tant d'autres se targuaient : s'occuper des moins fortunés. Après la mort de Lily, Clementine avait poursuivi son œuvre. Cela lui donnait un sentiment de gratitude apaisant de tout ce qu'elle-même avait, et l'envie de le partager avec d'autres.

Dès qu'elle eut emballé les gâteaux et les tartes qu'elle avait préparés, elle enfila sa cape la plus chaude et sortit dans le vent. Elle prit le ferry pour traverser la Tamise, qui formait une barrière entre l'endroit où elle vivait et celui où elle allait voir les femmes. C'était une partie de sa vie qu'elle gardait secrète, car elle ne voulait pas qu'on pense qu'elle était vantarde ou suffisante.

Le trajet sur le fleuve fut d'un froid pénétrant, mais elle aimait la lumière de l'hiver, et elle connaissait la plupart des marins du ferry, lesquels lui avaient raconté des tas d'histoires sur les expériences qu'ils avaient vécues.

Arrivée sur l'autre rive, Clementine paya la traversée, puis monta sur le quai par l'escalier et s'éloigna à pas rapides dans le froid, pressée de distribuer les pâtisseries. En entrant dans le bâtiment, elle salua toutes les personnes qu'elle connaissait, de même que celles qu'elle ne connaissait pas. Elle donna ses gâteaux et ses tartes, non pas pour nourrir des femmes affamées, mais comme un simple geste pour montrer qu'on pensait à elles, et qu'on s'était donné de la peine pour elles. D'autant plus que ce serait bientôt

Noël. Ne devaient-elles pas chanter des cantiques toutes ensemble ?

Il y avait là une jeune fille que Clementine aimait particulièrement. Âgée de dix-huit ou dix-neuf ans, elle se prostituait depuis deux ans. Elle avait tenté de gagner sa vie en faisant un travail régulier, mais elle avait perdu de trop nombreux emplois parce qu'elle était tombée malade, ou qu'elle buvait parfois un peu trop, et parce qu'elle était souvent insolente. La jeune fille, ravissante, avait des yeux bleu foncé et des cheveux bouclés auburn. Elle s'appelait Bessie.

Clementine était impatiente de lui parler. Une fois que son panier fut vidé, elle alla s'asseoir près d'elle. Elles parlèrent de choses et d'autres. L'important n'était pas le sujet, mais l'intonation de la voix, les sourires, la pleine attention accordée par quelqu'un qui l'aimait bien sans rien exiger d'elle en retour.

— Tu as l'air heureuse, dit Bessie en observant Clementine. Tu vas passer de belles fêtes de Noël ? Tu as de la famille ?

Aussitôt, la jeune fille détourna les yeux, comme si elle ne voulait pas laisser voir la solitude qu'exprimait son regard.

— Non, mais j'en aurai bientôt une, répondit Clementine. Je vais me marier !

— Il est comment ? demanda Bessie en se tournant vers elle.

— Il est beaucoup plus âgé que moi, mais c'est… c'est un homme très bon.

— C'est la seule chose qui compte, rétorqua naïvement Bessie. Ça compense tout le reste.

— C'est ce que je pense moi aussi. Il est honnête, prudent, très… Je ne sais pas comment dire. C'est difficile à décrire. Il est toujours juste. Tout le monde le respecte…

Elle s'efforça de préciser ce qui lui plaisait chez Seth Marlowe.

— Et je sais que je peux lui faire confiance, ajouta-t-elle en souriant. Il a beaucoup souffert par le passé. Je voudrais le rendre de nouveau heureux.

— Tu le feras, assura Bessie. Tu rendras heureux n'importe qui… si tu le veux.

Un regard lointain et mélancolique assombrit ses yeux.

— Comment s'appelle-t-il ?

— Seth Marlowe.

La jeune fille se figea dans une parfaite immobilité, semblant à peine respirer.

— Bessie ?

Clementine lui toucha le bras.

— Oh, pardon… Je rêvassais. Est-ce qu'il habite près de chez toi ? Tu vas emménager dans sa maison… ou lui dans la tienne ?

— Je n'ai pas de maison. Je loge chez une vieille dame dont je m'occupe, et pour qui je fais la cuisine, le ménage et tout ça.

— Mais alors, où est-ce que tu habiteras ? questionna Bessie, les yeux soudain remplis de larmes. J'imagine que tu ne viendras plus ici, dit-elle en les essuyant d'un revers de manche.

— Mais si ! s'empressa de la rassurer Clementine.

Seth approuverait qu'elle rende visite à ces femmes pour leur apporter un peu d'aide. Elle lui décrivit la maison de Miss Drew, puis celle de Seth, et lui parla ensuite du village.

— Ça a l'air bien, commenta Bessie en s'obligeant à sourire, mais sans la regarder. Tu reviendras me voir ?

— Absolument, promit Clementine. Et peut-être que j'amènerai une amie.

Elle pensait à Celia. Si Seth n'appréciait pas qu'elle aille toute seule dans un tel endroit, Celia l'accompagnerait, elle en était certaine.

— Tu l'aimeras, et elle t'aimera elle aussi, ajouta-t-elle.

Lorsque les femmes se rassemblèrent pour chanter, Bessie dit à Clementine :

— Tu viens avec nous ?

Puis, lentement, elle se leva et alla rejoindre le petit groupe. La musique commença. Sur le vieux piano, il manquait quelques touches, mais le chant compensait.

Celia prépara un ragoût avec grand soin. Ce genre de plat, même s'il était servi une ou deux heures plus tard que prévu, ne s'abîmerait pas. Elle commençait à être douée pour ça, et voir que son mari appréciait lui faisait plaisir. Son… mari !

Quand enfin il rentra, il était épuisé et transi. Après avoir retiré son gros caban et ses bottes, il se lava devant la cuvette et vint s'asseoir pour dîner.

Ils parlèrent de choses diverses, puis ils mangèrent dans un silence agréable au milieu de la petite pièce remplie de livres. Les rares et précieux volumes que possédait Hooper avaient été lus d'innombrables fois pendant les longues heures solitaires passées en mer. Parmi eux figuraient quelques classiques surprenants, mais aussi de minces recueils de poésie, dont on pouvait réciter les vers encore et encore sans jamais se lasser. Et il y avait ses livres à elle : Jane Austen, les sœurs Brontë, ainsi que des ouvrages sur l'histoire, le jardinage, les rêves et les souvenirs de nombreux personnages du passé dont les réflexions intimes étaient tout sauf banales. Celia trouvait leur compagnie intemporelle.

Désormais, dans cette pièce autrefois dépouillée s'accumulaient agréablement toutes sortes de souvenirs et d'espoirs.

Celia servit le dessert, une tarte aux pommes accompagnée d'un peu de crème fraîche. Après le repas, Hooper s'installa au coin du feu pendant qu'elle débarrassait la table.

Au bout d'un petit moment, il remit une bûche dans la cheminée, puis se cala dans son fauteuil en observant sa femme.

— Qu'est-ce qu'il y a ? lui demanda-t-il.

Son ton demeura inchangé, aussi léger que s'il poursuivait une conversation déjà entamée.

La boule que Celia ressentait au creux du ventre se resserra. Elle n'avait pas encore décidé si elle devait lui parler de Clementine, mais le moment était venu de répondre, ou de faire une réponse vague dont il ne manquerait pas de se rendre compte. En serait-il blessé ? S'il avait agi avec elle de cette manière, elle l'aurait été.

Hooper attendit en la scrutant du regard.

— Aujourd'hui, j'ai appris quelque chose à propos de Clementine, commença Celia.

Il se renfrogna.

— Quelque chose de mal ?

— Oh non… Elle n'a rien fait de mal…

Maintenant, elle allait devoir expliquer, sans quoi il ne la croirait pas.

— J'ai appris qu'elle n'avait pas de père.

Comme toujours, Hooper se montra direct.

— Tu veux dire que c'est une bâtarde ? C'est le cas de beaucoup de gens… Ça te dérange ?

— Non, pas du tout ! s'exclama Celia, horrifiée.

Le simple fait qu'il ait pu le supposer la blessa.

— Mais cela signifie qu'elle est beaucoup plus vulnérable que la plupart d'entre nous, qu'elle n'a pas eu d'homme auprès d'elle en grandissant pour…

Il attendit.

— … pour savoir comment elle devait être traitée.

— Celia, qu'est-ce qui a changé aujourd'hui ? Clementine sait cela depuis des années… De quoi as-tu peur ?

Son mari était toujours très franc, jamais évasif, du moins avec elle. Elle répondit avec la même franchise.

— Elle m'a annoncé qu'elle allait épouser Seth Marlowe, dit-elle, voyant aussitôt le regard réprobateur de son mari. J'ai dû faire semblant de me réjouir pour elle… Elle en a tellement besoin !

Comprendrait-il que si le fait de ne pas être marié n'était en rien une honte pour un homme, c'en était une pour une femme ? C'était le signe que personne ne voulait de vous. Celia avait senti monter en elle la colère qu'une telle injustice lui inspirait, et elle était prête à défendre Clementine.

— En tout cas, ce n'est sûrement pas parce qu'elle attend un enfant ! observa Hooper avec un sourire en coin sur lequel elle se méprit.

— Et pourquoi pas ? Clementine n'est pas assez âgée pour ne plus pouvoir en avoir, John. Elle n'a que la trentaine…

Celia perçut ce que sous-entendait sa remarque : elle-même était assurément trop vieille pour porter un enfant.

— Mais pas avec cette coquille vide d'homme dépourvu de passion ! dit Hooper. Avec quelqu'un d'autre, peut-être.

Celia repensa aux yeux brillants d'espoir de Clementine. Elle s'aperçut tout à coup que les siens étaient embués de larmes.

— Et tu as peur pour elle ? reprit son mari. Peur que, petit à petit, il ne détruise son âme ?

— Oui, et je m'en veux, dit-elle en levant les yeux. Le sermon d'aujourd'hui parlait de repentir et de pardon. C'est le meilleur sermon que j'aie entendu le pasteur prononcer. À mon avis, c'est ce que tout le monde a pensé. C'était comme si on était sortis de l'église en baignant dans la joie, ce n'était pas seulement de l'espoir. Ce qu'il a dit était vrai, avait du sens et s'adressait à tous les hommes et les femmes sur la terre.

Elle lui prit la main.

— John, pourquoi suis-je si mesquine que je suis incapable de me réjouir en espérant que Clementine apportera enfin du bonheur à Marlowe ?

Il sourit, contempla leurs mains entrelacées, puis la regarda dans les yeux.

— Tu peux toujours l'espérer. Et tu es suffisamment sensée pour juger que c'est possible. J'admire ta foi en Dieu, et je m'efforce d'en apprendre quelque chose, mais tu n'as jamais cru que tout serait facile. Quelle leçon faut-il en tirer ?

— Marlowe a déjà beaucoup souffert, dit Celia. Sa première femme, Rose, ne lui a apporté que du chagrin et de la honte… Est-ce qu'il ne mérite pas un peu de bonheur ?

— Je ne crois pas que le mérite ait grand-chose à voir là-dedans, répondit Hooper d'un air songeur. Mais si tu penses qu'il le mérite, pourquoi es-tu chamboulée à ce point ?

— Parce que je n'aime pas cet homme, répondit-elle en détournant les yeux. Je le trouve imbu de lui-même, catégorique… Et il fera du mal à Clementine, en étant sans doute convaincu qu'il fait d'elle une femme meilleure, ce qui équivaut selon lui à être plus soumise, plus obéissante et plus reconnaissante !

Hooper éclata de rire, d'un rire profond et joyeux qu'elle n'entendait que rarement. Le métier qu'il exerçait était dur, et il était témoin de trop de drames qui l'affectaient au plus intime de lui-même, même s'il était rare qu'il le laisse deviner à quiconque. Sa récompense, c'était la camaraderie qui le liait aux hommes de son équipe, et le fait de savoir qu'il faisait de la Tamise, que certains appelaient « la plus longue rue de Londres », un endroit plus sûr.

— Tu te moques de moi ? demanda Celia sans le moindre ressentiment.

— Je t'aime, répondit-il simplement. Garde ta sagesse. Ne laisse pas celle du monde et ses expériences cruelles l'emporter sur la tienne… Ce n'est pas toujours bon.

Une sensation de chaleur envahit Celia. Après toutes ces années passées en solitaire, à se battre pour elle-même, elle vivait avec un homme qui non seulement l'aimait mais la respectait.

— J'espère que non, dit-elle. Le monde est souvent si sombre… Mais je me sens encore coupable : j'ai écouté le sermon du pasteur de tout mon cœur en sachant qu'il avait raison, ce qu'il a dit était beau et d'une grande justesse, et pourtant, moins d'une demi-heure après, l'idée que Clementine envisage d'épouser Marlowe m'a horrifiée… J'ai ressenti de la peur et de la colère, une vraie colère…

Elle esquissa un sourire piteux.

— Je voudrais que Dieu accorde le pardon à tout un chacun, y compris à moi, sauf à Seth Marlowe. En réalité, je me fiche qu'il soit pardonné ou non, mais il ne faut pas le laisser se marier avec Clementine !

Celia regarda son mari droit dans les yeux. Puis elle poussa un soupir et enchaîna :

— Oh, mon Dieu ! Cela veut dire que je ne lui ai pas vraiment pardonné… Et que je ne veux toujours pas qu'il connaisse le bonheur, qu'il se sente accepté et partage sa vie avec quelqu'un… en tout cas, pas avec Clementine ! Je crois sincèrement qu'il lui fera du mal. Pas physiquement, mais psychologiquement…

Elle reprit sa respiration.

— Quand on aime quelqu'un, on se soucie terriblement de ce qu'il pense de vous.

C'était là une façon de confesser sa propre vulnérabilité. Décevoir Hooper lui aurait été insupportable.

— Je sais, dit-il dans un murmure. S'en inquiéter autant apporte le meilleur et le pire. Raison pour laquelle on a besoin de choses ordinaires qui rendent l'existence tolérable, d'une cause commune qui a de l'importance, mais dont on peut supporter l'échec. On se relève et on essaie encore. On pardonne à l'autre et on se pardonne à soi-même, conclut-il avec un petit sourire.

— Mais ne devrais-je pas être la première à m'excuser ?

Ce n'était pas vraiment une question. Car il n'y avait qu'une seule réponse.

— En effet, confirma son mari. Cependant, tu n'es pas obligée de l'aimer.

— Tant mieux, car je ne crois pas que j'y arriverai. Je me sens d'une telle hypocrisie… On pardonne à ceux qu'on aime. On passe à autre chose et, le lendemain, on oublie. On ne veut plus y penser, ça finit par s'éloigner, et on en est content, si bien que c'est facile.

— C'est ce qu'a dit le révérend Roberson ? demanda Hooper.

— Dit quoi ?

— Qu'il est facile de pardonner à ceux qu'on aime ? La difficulté n'est-elle pas de pardonner à ceux qu'on n'aime pas ? Surtout s'ils ont fait souffrir une personne qui vous est chère. N'importe qui peut faire ce qui est facile…

Celia comprenait très bien ce qu'il voulait dire, et il avait raison.

— Je ne suis qu'une hypocrite, avoua-t-elle.

Hooper se pencha et l'embrassa sur les lèvres avec une infinie douceur. Celia sentit le bien-être l'envahir, comme une onde de chaleur qui se propageait dans tout son corps. Son attitude était impardonnable. Elle était trop heureuse pour oser refuser à quiconque la joie qu'il était à même de trouver. Il fallait qu'elle cesse de juger Seth Marlowe. *Déteste-le autant que tu voudras, mais abstiens-toi de le juger !* Elle caressa la joue de son mari, avec douceur et tendresse, et ne pensa plus qu'à son bonheur.

DEUXIÈME PARTIE

Le lendemain, quand Hooper partit travailler, l'aube n'était pas encore levée. À quelque temps de Noël, on venait de passer le jour le plus court de l'année. La brume épaisse accrochée à la surface de la Tamise assourdissait l'éclat des flots, voilant de gris les quais, les entrepôts et les bateaux à l'ancre.

Ce spectacle, il le trouvait magnifique. Sans doute était-ce extravagant, mais la brise légère qui déplaçait la brume lui évoquait une lente respiration, révélant un peu plus à chaque instant le paysage : un mât noir dessinait des cercles dans le ciel, tandis que la coque d'un navire au mouillage se balançait au gré de la marée ; des flashes de lumière argentée se reflétaient sur les ferries qui avançaient avec lenteur, sillonnant la surface du fleuve tels des scarabées aux longues pattes, comme si leurs rames les maintenaient sur l'eau.

Être en pleine mer et contempler l'horizon à l'infini lui manquait ; cependant, à cette période de l'année, presque tous les soirs, il retrouvait la même solitude, les caprices du temps, la menace du danger par-delà la sécurité de la brume. Et désormais, il connaissait le bonheur incroyable d'avoir Celia. Il venait de comprendre qu'il pouvait aimer une autre personne, passer tout son temps libre en sa compagnie et partager la plupart de ses pensées sans avoir pour autant l'impression d'avoir perdu sa liberté ou sa personnalité.

Certes, il y avait des moments difficiles, mais ils étaient sans importance. Celia ne cherchait jamais à s'imposer. Parce qu'elle avait peur de le faire ? Craignait-elle de lui déplaire ? Elle était très vulnérable, et de façons complètement surprenantes ; pourtant, elle pouvait le blesser plus qu'il ne l'aurait cru possible en prononçant un mot irréfléchi, ou en se murant dans le silence alors que quelque chose aurait dû être dit, ou au moins admis. Comment cela pouvait-il le blesser ? Ce qui le dérangeait n'était jamais le geste, mais l'omission.

Et dans certains domaines, Celia se montrait pleine de pudeur, ce qui lui plaisait. Qu'elle soit ainsi lui faisait prendre conscience de la différence entre un homme et une femme. C'était à la fois excitant et d'une infinie tendresse, au point qu'il se demandait comment il avait pu attendre aussi longtemps avant de vouloir se marier, même si la réponse allait de soi : il était un solitaire. Mais Celia, avec son charme discret, était pour lui une femme parfaite.

Ils s'étaient rencontrés par hasard, à l'occasion d'une affaire d'enlèvement et d'un meurtre épouvantable, l'un des plus effroyables qu'il lui ait été donné de voir – et il en avait vu sa part. La Tamise était un endroit dangereux. Des gens arrivaient là de tous les coins de la terre, de tous les continents, de toutes les îles, de tous les océans et de tous les climats. Le port de Londres[1] était le plus animé du monde, situé au cœur d'un empire qui s'étendait sur l'ensemble du globe, avec toute la violence et la cupidité que cela engendrait. Le meurtre d'Exeter n'en avait pas moins été l'un des plus abominables qui soit.

Parfois, assis dans la petite maison qui avait été la sienne et était désormais la leur, tandis qu'il regardait Celia s'affairer dans la cuisine, il la revoyait à la barre des témoins et repensait au mensonge qu'elle avait fait dans l'intention de lui sauver la vie. Bien qu'elle ait connu la vérité sur sa vie en mer, elle n'avait rien dit. Or elle avait agi ainsi en partie pour lui, mais également parce qu'elle refusait que soit commise une injustice, quoi qu'il doive lui en coûter. Discrètement, à sa manière, cette femme méconnue qui passait inaperçue était l'un des êtres les plus courageux qu'il ait jamais rencontrés.

Et puis, elle était drôle et gentille, sage et excentrique. Hooper savait pourquoi elle faisait certaines choses, mais il s'abstenait de tout commentaire. C'était ce qui la rendait originale, parfois mystérieuse, sans que jamais elle soit ennuyeuse.

À cet instant, il s'inquiétait pour elle, tout comme de la peine qu'il pourrait lui faire. Il n'en avait rien dit, mais bien qu'il n'ait rencontré Seth Marlowe que cinq ou six fois, il ne l'aimait pas. Hooper avait appris que rares étaient les vies qui correspondaient à ce qu'elles paraissaient être à première vue. Si elles

1. *The Pool of London* : partie de la Tamise entre le port de Londres et le *Tower Bridge* (*Upper Pool*) et entre le *Tower Bridge* et *Cherry Garden Pier* (*Tower Pool*), qui comportait des installations portuaires.

l'avaient été, s'il n'y avait pas eu des secrets douloureux, des motivations complexes, y compris derrière les actes les plus simples, des amours et des haines qui venaient déformer les souvenirs et les jugements, on n'aurait pas eu besoin des compétences d'investigation de la police fluviale – ou de n'importe quelle autre police, d'ailleurs ! Peu de choses étaient aussi simples qu'elles le semblaient au premier abord. Il était rare que l'on soit innocent ou coupable ; le plus souvent, c'était une question de degré.

Il repensa à l'affaire Exeter et aux circonstances dans lesquelles il avait fait la connaissance de Celia. Rien n'était comme il le paraissait. C'était comme la vase dans les taudis de Jacobs Island, qui les faisait vaciller à chaque marée sur leurs fondations et s'enfoncer sans cesse un peu plus. De plus en plus menaçante.

Hooper pressa le pas. Au prochain escalier descendant sur la berge, il prendrait le ferry pour aller à Wapping et se rendrait au poste de police. Il était temps de laisser de côté les problèmes personnels. Seth Marlowe n'était pas un homme aimable, mais, en dehors de l'effet qu'il faisait à Celia, Hooper était trop comblé par son propre bonheur pour lui souhaiter du mal. Si Clementine lui apportait un tant soit peu de joie, tant mieux.

Celia entra dans l'église les bras chargés de fleurs, mais aussi et surtout de feuillages et de baies. À mesure que l'hiver avançait, les feuilles tombaient et les fleurs devenaient rares. Elle avait apporté plusieurs branches de houx. Les couper aurait été dommage, si le buisson proche de sa porte d'entrée n'était envahissant au point qu'il avait besoin d'être taillé. Et, de toute façon, il y avait très peu d'autres choix. Le laurier restait vert, mais il lui faisait penser aux couronnes, quoique plus à celles honorant les victoires que les morts. Cependant, le symbole était un peu lourd. Elle avait cueilli une demi-douzaine de chrysanthèmes tardifs d'une belle couleur dorée et, à part cela, elle n'avait trouvé que des hellébores, des fleurs magnifiques offrant toute une variété de nuances : du blanc, du rose, du violet et du bleu. Ces fleurs, qui poussaient mieux à l'ombre, lui rappelaient toujours le deuil, sans doute à cause de leurs couleurs. Ce jour-là, elle en avait cueilli des violettes et quelques-unes teintées de rose.

Elle les posa sur le banc dans la salle glaciale réservée à ce genre de tâches. Il y avait là un sécateur, des vases, ainsi qu'un petit évier avec un robinet d'eau froide. C'était une occupation agréable à laquelle elle prenait toujours plaisir. Elle aimait l'idée d'essayer de composer des bouquets à l'air joyeux évoquant l'abondance. En revanche, elle détestait les rubans, qui soulignaient la rareté des fleurs.

Celia avait presque terminé lorsqu'elle entendit des pas derrière elle. Elle ne s'attendait pas à voir le pasteur à cette heure-ci. À l'instant où elle se retourna, elle se figea. L'homme qui s'immobilisa à quelques mètres d'elle était Seth Marlowe. Vêtu d'un costume en laine sombre de bonne coupe, il tenait son chapeau à la main. Il lui adressa un sourire, qui aussitôt s'effaça, comme s'il n'avait été qu'une simple formalité.

— Bonjour, Mrs. Hooper. Je pensais bien vous trouver ici. Vous êtes une femme d'habitudes.

Celia fut surprise. Cette remarque laissait clairement entendre qu'il était venu la voir, que cette rencontre ne devait rien au hasard. L'idée d'être à ce point prévisible, et que Marlowe le savait, était pour le moins déplaisante. Immédiatement, elle fut sur la défensive.

— Une femme d'habitudes ? répéta-t-elle en percevant l'agacement que trahissait sa voix. Je préférerais me voir comme quelqu'un de fiable et qui tient parole. Ce que j'aurais cru que vous sauriez apprécier, étant donné les propos que vous tenez si souvent sur le vice et la vertu.

— Et c'est le cas, Mrs. Hooper, bien que la fiabilité ne me semble pas une qualité très intéressante… C'est le minimum qu'on est en droit d'attendre.

Celia plaça un dernier chrysanthème dans le vase, puis se retourna face à Marlowe.

— Je ne peux pas croire que votre vie soit si vide que vous soyez venu jusqu'ici pour me dire cela.

Elle faillit ajouter autre chose, avant de se rendre compte qu'il comprendrait qu'elle était furieuse. Aussi attendit-elle en silence qu'il s'expliquât. Les bonnes intentions qu'elle avait eues quelques instants plus tôt s'étaient totalement envolées.

— Bien sûr que non ! rétorqua Marlowe. Je suis venu dans un but très précis, à un moment où je pourrais avoir une conversation avec vous en toute confidence. Vous et moi ne nous approuvons guère, pas plus que nous ne nous apprécions.

Il agita la main comme pour chasser une mouche.

— Mais c'est sans importance, reprit-il. Je pense que vous êtes une femme ennuyeuse qui fourre son nez partout. Nul doute que vous me trouvez trop strict dans mes jugements, et que vous êtes jalouse de l'estime dans laquelle le pasteur tient mes opinions…

Il haussa légèrement les épaules.

— J'apprécie que vous lui ayez apporté un soutien considérable au moment de son deuil. Je suppose que vous avez été d'une aide raisonnable, mais, comme vous avez pu l'observer hier, il n'avait aucune idée de vos agissements, ni de votre réputation…

Celia regarda bien en face Marlowe, qui se tenait trop près d'elle dans la petite salle. Les yeux au niveau des siens, elle ne cilla pas une seconde.

— Pensez ce que vous voulez, Mr. Marlowe. Si vous croyez que cela m'intéresse le moins du monde, vous vous trompez. Je me suis mariée par amour, non par désespoir. J'espère que vous pouvez en dire autant. Clementine mérite mieux que combler un vide dans votre vie. Je ne peux m'empêcher de penser que vous avez besoin de quelqu'un pour cela, et que n'importe qui ferait sans doute l'affaire.

Ce fut au tour de Marlowe de s'empourprer, plus de colère que d'embarras. Il avança d'un pas.

— Je suis venu vous avertir de ne pas vous mêler de mon mariage avec Miss Appleby. Ni de quoi que ce soit d'autre, du reste ! Contentez-vous d'arranger les fleurs et de repasser le linge, Mrs. Hooper… Clementine semble voir en vous une figure de mère, ou peut-être de tante serait-il plus exact.

Celia haussa les sourcils.

— Et quoi d'autre m'imaginez-vous à même de faire qui semble vous inquiéter autant ?

— Vous livrer à des commérages, lui donner un avis dont elle n'a nul besoin… et que vous n'avez aucun droit de lui donner !

— Vraiment, je trouve exagéré que vous vouliez empêcher une femme que vous prétendez aimer de demander conseil à d'autres sur des questions d'ordre personnel dont vous ignorez tout… Même si, comme chacun le sait, vous avez déjà été marié.

Cette remarque était destinée à le piquer au vif. Marlowe avait parlé de sa première femme avec colère et chagrin en faisant allusion à ses innombrables défauts, et la souffrance que lui avaient causée sa honte, son humiliation et sa disgrâce était une douleur qui jaillissait de lui comme une hémorragie, devenant par instants incontrôlable. Un tel comportement éveillait la pitié et l'embarras tout en rappelant – ce que personne ne voulait – la façon désastreuse dont les plus grands espoirs parfois s'effondraient. Comme la peste, cela pouvait frapper quiconque, y compris les plus vertueux, ce que Seth Marlowe pensait certainement être.

— Votre expérience du mariage est très fragile, Mrs. Hooper, répondit-il avec un dédain manifeste.

— Vous voulez dire très récente, rectifia Celia. Et peut-être d'autant plus utile. Néanmoins, je suis heureuse pour Clementine.

C'était un mensonge, qui lui brûla la langue. Elle était terrifiée pour son amie.

— Et je serai ravie de lui donner tous les conseils qu'elle voudra.

— Je vous ai parlé avec courtoisie, répliqua Marlowe d'un ton sec. Si vous ne respectez pas mon souhait, si vous n'obéissez pas, je…

— Si je n'obéis pas ? répéta Celia d'un ton incrédule.

— Absolument. Clementine va devenir ma femme.

— Si elle désire vous obéir, c'est son choix, rétorqua Celia avec froideur. Je ne suis pas votre femme et je n'ai aucun lien avec vous, aussi ferai-je ce que j'estime être bien.

— Le moment venu, votre mari vous apprendra à obéir, si c'est un homme. Sinon, il en subira les conséquences, dit Marlowe sans chercher à dissimuler un petit sourire. Je présume que vous voulez qu'il soit heureux, et conserver votre… statut.

Celia se sentit parcourue d'un frisson glacé. Si c'était ainsi que commençait le mariage de Clementine, que deviendrait-il par la suite ? Amour, honneur et obéissance. Ces mots prirent soudain un sens plus sombre. Elle-même avait ce désir précis, en songeant uniquement à des conseils, des souhaits, jamais à aucune sorte de pouvoir.

Marlowe l'observait avec attention. Pour la première fois, elle remarqua qu'il avait les yeux gris pâle, d'un gris de pierre.

— Je vois que vous commencez à comprendre, enchaîna-t-il avec un vague sourire. Vous ne donnerez aucun conseil à Clementine, excepté sur des choses comme sa robe de mariée, et sur des histoires personnelles de…

Il laissa sa phrase en suspens, comme s'il était inutile de la terminer. Il s'agissait d'un sujet trop délicat pour qu'il le formule avec des mots.

— Je donnerai des conseils à Clementine chaque fois qu'elle m'en demandera, déclara platement Celia.

Cette réponse était insuffisante, cependant elle n'avait rien de mieux.

Marlowe demeura immobile en regardant le vase magnifique rempli de feuillages sur lesquels éclataient les couleurs des chrysanthèmes qu'elle venait de disposer.

— Vous êtes impulsive, dit-il, comme si ce terme revêtait un sens trop lourd et trop subtil pour être défini, mais qu'ils le comprenaient tous les deux.

Celia ne trouva rien à rétorquer.

— Or ce travers pourrait vous conduire à commettre de graves erreurs, que vous paierez chèrement !

Il esquissa un sourire, mais elle ne sut comment l'interpréter.

— Serait-ce une menace, Mr. Marlowe ? Êtes-vous en train de me dire que, si je donne un conseil à Clementine avec lequel vous n'êtes pas d'accord, vous vous en prendrez à elle ? Ou que, d'une manière ou d'une autre, vous vous en prendrez à moi ?

Celia s'était exprimée sur un ton incrédule, comme si c'était en réalité inconcevable.

— Vous vous en prendrez à vous-même, Mrs. Hooper ! rétorqua-t-il en levant les sourcils. Si votre comportement est en dessous de ce que Clementine pense être digne de vous, elle en sera profondément blessée. Elle est jeune et généreuse, mais elle juge de façon imprudente, parfois même pas du tout.

— Ce sont des qualités pour lesquelles elle est à la fois aimée et admirée, Mr. Marlowe. Par la plupart d'entre nous.

— La générosité est charmante, particulièrement chez ceux qui en ont le plus grand besoin, mais, au bout du compte, seule reste la vérité, répondit-il en fixant des tiges coupées restées sur le banc à côté du sécateur.

Il fronça les sourcils, comme si cette vision le dérangeait.

— N'avez-vous pas écouté ce qui a été dit dimanche, Mr. Marlowe ? lui lança Celia d'une voix dure. Le cœur du sermon du pasteur était que le pardon existe. N'avez-vous pas entendu ?

Il la regarda de nouveau.

— Après que l'on s'est repenti, Mrs. Hooper. Je crains que ce ne soit vous qui n'ayez pas bien compris le message.

— Et je devrais me repentir de donner à Clementine un conseil qu'elle m'aurait demandé ? Car je suppose que vous le saurez en l'interrogeant sur les conversations privées que nous avons entre femmes.

Marlowe sourit d'un air amer.

— Je suis désolé que vous m'ayez obligé à intervenir de cette manière, cependant je ne faisais pas allusion à l'impulsivité dont vous pourriez faire preuve à l'avenir, mais à celle que vous avez montrée dans le passé.

Celia savait de quoi il parlait. De l'affaire Exeter. Elle ne pensait pas être émotive, encore moins impulsive. En réalité, certains l'avaient trouvée terne, même assez ennuyeuse. On ne lui avait jamais dit que ses sentiments étaient profonds, mais, au tribunal, elle avait laissé voir à tous l'ampleur de sa passion.

— Le procès de Harry Exeter, reprit Marlowe en la dévisageant sans ciller. Vous avez juré devant Dieu et fait un mensonge délibéré. Non pas un mensonge mineur, dû à une erreur ou à un manque de mémoire, mais un mensonge délibéré, pour des raisons émotionnelles.

Celia sentit ses joues s'enflammer.

— Je ne lis pas la presse à scandale, comme vous le faites apparemment, Mr. Marlowe. Et j'imagine que vous ne permettrez pas à Clementine de lire ces torchons.

— Inutile de mentir, Mrs. Hooper ! Votre culpabilité se lit sur votre visage.

Celia chercha désespérément quelque chose à dire pour se défendre. Mais elle ne trouva rien pour le faire taire. Il n'avait pas le droit de savoir ! Comme il devait la détester pour se conduire ainsi ! Et Clementine, comprendrait-elle pourquoi elle avait fait la seule chose qu'elle estimait de son devoir afin que justice soit rendue ? Non, c'était en dessous de la vérité. La seule chose qu'elle s'était dite était que John Hooper serait pendu parce qu'il avait fait une chose pour laquelle il n'avait pas eu le choix. Et que Harry Exeter, qui avait assassiné Katherine de façon si atroce, sortirait libre du tribunal. Toutefois, si elle devait le refaire, même sans savoir que Hooper l'aimait lui aussi, elle prendrait la même décision.

Elle fit face à Marlowe comme s'il était une créature répugnante sortie de sous un rocher humide.

— Vous n'aurez qu'à faire ce que vous estimez juste, lui dit-elle.

Son ton était glacial et vibrant de mépris, mais sa voix tremblait trop pour être convaincante.

— Le pasteur sera déçu, rétorqua Marlowe en scrutant son visage. Il a une très haute opinion de vous ! Il n'en a rien montré, mais il a été horrifié d'apprendre vos… mensonges. Quant à votre mari, qui s'est fait le complice d'un parjure – car il s'agit bien d'un parjure –, il pourrait voir sa situation menacée…

Un sourire effleura ses lèvres.

— A-t-il d'autres talents, si ses supérieurs décident de le renvoyer sans aucun honneur ? Il pourrait toujours devenir docker, j'imagine !

— Il n'a pas menti, s'obligea à dire Celia entre ses lèvres serrées. Et sachez que, à l'époque, je n'étais pas sa femme, et qu'il n'était responsable en rien de mes choix. En réalité, il ignorait qu'il s'agissait d'un mensonge.

C'était la vérité.

— Et quelle a été votre récompense pour avoir menti ? demanda Marlowe en arquant les sourcils. Vous faire épouser ?

Celia retrouva sa langue.

— Est-ce ainsi que vous voyez le mariage ? Comme la récompense de je ne sais quel acte abominable ?

S'entendre parler ainsi la surprit, mais pas un instant elle ne le regretta.

Soudain, Marlowe perdit toutes ses couleurs. Il leva le bras comme s'il s'apprêtait à la frapper, avant de se raviser et de le laisser retomber, le poing crispé.

Celia regretta presque qu'il ne l'ait pas fait. S'il l'avait frappée, ne serait-ce que pas très fort, il se serait mis en tort de façon irréparable.

— C'est vous qui avez mal agi, Mrs. Hooper, répondit froidement Marlowe. Vous avez menti après avoir prêté serment devant Dieu de dire la vérité. Ce n'est pas quelque chose qui se pardonne comme si la langue avait fourché en toute innocence ou par mégarde !

— Non, convint Celia. Je l'ai fait parce que je pensais que c'était la seule chose juste à faire, le moindre de deux maux.

— Oh, vraiment… N'attendez pas de moi que je le croie ! s'exclama-t-il d'un air hautain.

— Je me serais attendue que vous m'accordiez le bénéfice du doute, ou que vous teniez compte des circonstances, comme l'a fait le juge, répliqua Celia. Du moins est-ce à cela que je me serais attendue jusqu'à dimanche dernier… Vous seriez-vous trahi, Mr. Marlowe ? À présent, je ne m'attends à rien d'autre de vous qu'à de la cruauté et de la violence. Vous devez avoir très peur de quelque chose… Peut-être que Clementine découvre l'homme que vous êtes réellement !

— Me menacez-vous de lui raconter je ne sais quelle épouvantable histoire à mon sujet ? lança-t-il d'une voix râpeuse. Dans le but de la dissuader de m'épouser ? Vous n'y arriverez pas ! Clementine m'aime, elle entrevoit un avenir plus sûr et plus respectable que ne l'a été son passé. Elle peut marcher la tête haute dans le village !

L'ombre d'un doute s'empara un instant de Celia, le souvenir de Clementine avec un groupe de femmes, mais qui restait un peu à l'écart. Était-il imaginable que celles-ci connaissent les circonstances de sa naissance, qu'elles sachent que sa mère l'avait élevée avec tant de soin et d'amour sans qu'elle ait de père ? Marlowe le savait-il ? Le révélerait-il à tout le monde ? Sans doute le ferait-il avec précaution, en s'adressant à une ou deux personnes à la fois. Se retrouver dans pareille situation serait impossible pour Clementine, d'autant que, une fois mariée, elle ne pourrait plus s'en aller. Était-ce pour cette raison que la première femme de Marlowe était partie ? À cause d'une cruauté calculée qui l'avait privée de tout autre choix ?

Celia se força à réagir.

— Oui, Clementine est très aimée, dit-elle, la voix un peu tremblante. Quiconque la ferait souffrir serait extrêmement mal vu.

— Je me félicite que vous en soyez consciente.

— Consciente de ce que je fais ? Ou de ce que vous faites ?

Marlowe se figea un instant. Puis, lentement, un sourire s'étira sur son visage.

— Vous étiez sous serment. C'est un crime. Je lui ai expliqué que, à mon grand regret, vous n'êtes pas une personne convenable, et que, malheureusement, rien de ce que vous dites ne peut être pris pour la vérité.

Celia le dévisagea en ayant la certitude qu'il pensait ce qu'il disait. Pourquoi ? Que redoutait-il qu'elle puisse raconter à Clementine ? Quelque chose susceptible de lui nuire ?

— Qu'est-ce qu'il y a ? demanda-t-elle à haute voix. De quoi avez-vous si peur que vous vous abaisseriez à faire du chantage ? C'est abject !

En le voyant perdre le peu de couleurs qui lui restait, Celia comprit qu'elle venait de commettre une erreur, et qu'il lui était impossible de revenir en arrière. Battre en retraite serait un signe de peur et de vulnérabilité. C'était absurde ! Elle avait vu Seth Marlowe presque tous les dimanches depuis des années, depuis qu'il était venu s'installer dans le village après la mort de sa femme. Elle avait entendu parler de Rose Marlowe par sa belle-sœur, Una Roberson, notamment au cours des derniers mois de sa maladie, quand Una avait su qu'elle allait mourir. La pauvre était si angoissée qu'elle avait eu besoin de se confier à quelqu'un. Celia avait tenté de la réconforter.

— Le chantage est un très vilain mot, reprit Marlowe après un instant de silence. Je vous avertis simplement que le pauvre Arthur qui pense tant de bien de vous serait profondément blessé d'apprendre votre parjure. Il pourrait ne pas être en mesure de le cacher aux membres de la congrégation. Les gens se demanderont ce que vous avez fait, et les spéculations sont rarement bienveillantes… Je suis sûr que vous le comprenez.

Les pensées se bousculèrent dans la tête de Celia.

— Non, en effet, les gens spéculent sur toutes sortes de choses…

Elle reprit sa respiration, comme si la chaleur dans la pièce était suffocante, puis ajouta :

— Sur ce qui est réellement arrivé à votre femme ou à votre fille, par exemple !

Marlowe la dévisagea d'un air hagard, semblant soudain avoir vieilli de plusieurs décennies.

— C'est donc vous ! s'exclama-t-il, le regard brillant sous ses paupières affaissées, comme s'il venait tout à coup de comprendre quelque chose. Derrière ce sourire innocent se cache le venin qui empoisonne le cœur ! La seule personne que je n'aurais jamais soupçonnée… Mais vous ne gagnerez pas ! Je vous interdis de voir Clementine, ou de lui parler ailleurs qu'en public.

Celia se ressaisit.

— Vous pensez que j'ai fait quoi ?

— Inutile de jouer l'innocente… Je le sais !

— Vous savez quoi ? Je ne comprends pas de quoi vous parlez…

Marlowe avait-il perdu l'esprit ?

— Vous claironnez partout que vous ne buvez jamais d'alcool, mais vous devez être ivre… Vous dites n'importe quoi et vous avez l'air d'un fou !

Celia n'exagérait pas. Marlowe vacillait légèrement, tout son corps tremblait. Si elle n'avait pas été aussi furieuse, il lui aurait fait peur, même ici, à l'intérieur de l'église, devant l'autel et les bouquets de fleurs.

— Il est trop tard pour feindre l'innocence ! lança Marlowe avec condescendance. Vous m'avez écrit cette lettre venimeuse… et à qui d'autre en avez-vous envoyé ? À ce pauvre Arthur, qui ne pourra jamais en parler à personne ? Oh ! c'est malin, très malin… Mais moi, je peux, et c'est ce que je ferai si vous m'y poussez ! Je ne voulais pas le dire à Clementine, mais je vais le faire, je le jure devant Dieu ! Si vous lui parlez de cette lettre, à elle ou à quiconque, je lui dirai qui l'a écrite !

Celia était abasourdie. Elle réfléchit à toute vitesse en cherchant à comprendre de quoi il pouvait bien parler. Quelle lettre ? Elle-même en écrivait fort peu, et uniquement à des parents éloignés, des cousins qu'elle connaissait à peine, à l'occasion de Noël et des anniversaires, ou pour adresser des condoléances ou des vœux de bon rétablissement.

— Inutile de feindre l'innocence ! reprit Marlowe d'un ton rageur. L'hypocrisie ne sied à personne… Vous vous êtes trahie !

Il tremblait de colère et de rage.

Celia le vit se recroqueviller en protégeant les parties de son corps les plus vulnérables, son cœur et son ventre, comme s'il craignait qu'elle ne l'agresse physiquement. Lui faisait-elle si peur qu'il avait réagi ainsi d'instinct ? Elle ne représentait pourtant en rien une menace.

Clementine – ce fut à elle que Celia songea, mais peut-être le dit-elle tout haut.

— Je le lui dirai, répéta Marlowe. N'allez pas croire que je ne le ferai pas !

— Vous lui direz quoi ?

— La méchanceté que vous avez mise dans votre lettre venimeuse, quoi d'autre ?

Mais de quoi diable parlait-il ?

— Je n'ai écrit aucune lettre racontant quoi que ce soit sur vous à qui que ce soit… Pourquoi le ferais-je ? Personne dans mon entourage ne vous connaît, encore moins se soucie de vous !

— Cessez de jouer les imbéciles ! Vous avez écrit cette lettre, et je la montrerai à Arthur. Il comprendra enfin qui vous êtes vraiment ! Vos menaces sont inutiles. Mais je ne vous laisserai pas faire du mal à Clementine avec vos paroles venimeuses. Je vous interdis de la voir ailleurs qu'à l'église ou en public, sans quoi je ferai savoir à tout le monde la femme menteuse et malveillante que vous êtes ! Pensez-vous que les gens vous croiront lorsqu'ils apprendront que vous avez menti au tribunal après avoir prêté serment devant Dieu ? Réfléchissez-y !

— Je n'ai rien fait…

Dans la voix de Celia vibra un sanglot de colère, d'exaspération face à ces accusations injustes, mais aussi de peur. La phrase jaillit malgré elle :

— Vous racontez que votre femme vous a quitté et a vécu dans la rue avant de se donner la mort. Dieu sait que vous l'y avez probablement poussée !

À la seconde même, Celia regretta ses paroles. Trop tard. Mais les regrettait-elle vraiment ?

Marlowe s'approcha, les mains tendues comme pour l'agripper. Et d'un seul coup, il se figea.

— Vous aimeriez que je vous empoigne, n'est-ce pas ? Vous me provoquez pour que je vous frappe !

— Je ne sais pas, marmonna Celia.

Acculée contre le banc, elle ne pouvait plus reculer davantage.

— Je n'ai jamais connu d'homme qui se déchaîne sur une femme… Sans doute que les gens ont peur, ou qu'ils ont honte et se disent que personne ne le croirait, mais…

— Et ils ne vous croiront pas ! l'interrompit Marlowe avec un petit sourire en laissant retomber ses mains. Je veillerai à ce que vous ayez l'air ridicule, hystérique… Je dirai que vous étiez terrifiée à l'idée que je révèle les mensonges que vous avez prononcés au tribunal parce qu'ils vous arrangeaient… Quand vous êtes face à quelque chose dont vous avez peur, vous n'êtes qu'une menteuse !

Fallait-il nier ? Cette fois, il saurait qu'elle mentait. Que devait-elle faire ?

— Je ferais mieux d'en parler moi-même au pasteur, déclara Celia en désespoir de cause. Vous n'aurez plus rien à dire, à part répandre des commérages sur la confession d'une paroissienne. Et personne ne vous fera plus jamais confiance. Voir son mari si moralisateur faire circuler des ragots sur les autres sera très désagréable pour Clementine. Elle pourrait même refuser l'honneur de vous épouser ! conclut-elle en passant près de lui, si près qu'elle lui effleura le bras et ne l'évita qu'en se penchant vivement sur le côté.

Si Marlowe répondit, Celia ne l'entendit pas. Vaguement étourdie de soulagement de ne plus être en sa présence, elle s'aperçut tout à coup de ce qu'elle venait de faire. Elle s'était engagée à parler du procès d'Exeter au pasteur. Peut-être celui-ci avait-il déjà glané suffisamment d'éléments au cours de leurs diverses conversations, néanmoins cela l'aurait étonnée.

Elle remonta l'allée entre les tombes tapissées de mousse derrière lesquelles se dressait une rangée d'ifs sombres, puis franchit la grille du cimetière, surmontée d'une arche recouverte en été de chèvrefeuille. À cette saison, il ne restait plus qu'un entrelacs de branches nues, comme si toute vie s'en était retirée en retournant sous la terre.

Celia traversa la route et alla directement au presbytère, où elle frappa à la porte avec plus de force qu'elle ne l'avait voulu. Elle avait peur ; cela se voyait sûrement. À cette heure, Mrs. Cross, la gouvernante du pasteur, serait là, en train de faire le déjeuner et de préparer un dîner qu'il réchaufferait plus tard.

Celia inspira un grand coup afin de se ressaisir.

Lorsque la porte s'ouvrit, elle se retrouva face à Arthur Roberson, lequel parut surpris de la voir.

— Celia ? Entrez… Vous avez l'air contrariée. Quelque chose ne va pas ?

Il s'écarta pour la laisser passer, puis l'emmena vers la pièce familière aux murs lambrissés de bois. Ce fut seulement lorsqu'elle sentit une douce chaleur l'envelopper qu'elle se rendit compte qu'elle était gelée. Elle réfléchit à ce qu'elle allait lui dire, à ce qu'il fallait qu'elle lui dise.

— Merci, dit-elle en le suivant dans le bureau où un feu flambait d'un bel éclat. Je dois vous parler… Je suis désolée de vous déranger à l'improviste, mais il vient de se passer quelque chose et…

Celia ne savait pas trop ce qu'elle avait l'intention de lui dire, seulement qu'elle voulait empêcher Marlowe d'imposer à tout le village la vision épouvantable qu'il avait du procès d'Exeter. Parviendrait-elle à l'en dissuader si elle encourageait Clementine à maintenir ses projets de mariage, si elle s'abstenait de lui confier quoi que ce soit au sujet de Marlowe ou de le critiquer, et le soutenait en toute chose ? Cela suffirait-il ?

— Celia, que s'est-il passé ? demanda gentiment le pasteur. Comment puis-je vous aider si je ne le sais pas ?

Son visage plein de douceur exprimait son inquiétude.

Elle prit place dans le grand fauteuil où tant d'autres personnes étaient venues s'asseoir, remplies de peur et d'espoir… et de culpabilité.

Finalement, elle trouva par quoi commencer.

— En savez-vous plus sur le procès d'Exeter que ce que Seth Marlowe en a appris dans la presse à scandale ?

— Oui, répondit Roberson. J'ai lu le compte rendu qu'en a donné le *Times* à l'époque.

Entendre cette réponse la désola. Ce que le pasteur pensait d'elle lui importait davantage qu'elle ne l'avait imaginé. Ensemble, ils partageaient une longue histoire, celle de deux êtres solitaires qui s'efforçaient de s'accommoder de leur situation, de vivre en se conformant à ce qu'ils considéraient être leur devoir, non par souci d'obéissance, mais par réelle volonté de bienveillance. Et en se concentrant sur le but final, pas sur les moyens d'obtenir une grâce ou autre chose. Celia s'était rapprochée d'Una à mesure que ses forces l'abandonnaient. Elle l'avait vue mener en vain un dernier combat et avait fait ce qu'elle avait pu pour soulager ses souffrances. Peut-être devrait-elle s'obliger à se rappeler que Seth Marlowe avait perdu une sœur, ainsi que sa femme, et dans des circonstances encore plus épouvantables.

— J'ai menti au tribunal, dit-elle avant de reprendre sa respiration en tremblant. Mon mensonge a été découvert. L'homme qui était innocent n'en a pas souffert. Je suis consciente que ce que j'ai fait était mal, mais comme le tribunal connaissait déjà la vérité, je n'ai pas été sanctionnée.

Elle se tut, ne sachant pas du tout comment le pasteur allait réagir. Il fallait qu'elle réduise Marlowe au silence, autant pour le bien de Hooper que pour le sien.

Roberson répondit en fronçant les yeux d'un air compréhensif :

— Si vous vous êtes sentie coupable, vous n'auriez pas dû. Vous avez agi comme il le fallait, en vous fiant à votre jugement, c'est ce qu'il me semble comme il l'a semblé au juge. Votre jugement était juste, vous n'avez aucune raison d'avoir peur ni de vous excuser. Qu'est-ce qui vous trouble exactement ?

Il venait de lui fournir une ouverture parfaite pour lui révéler ce dont Marlowe l'avait menacée dans l'intention de la punir si jamais elle refusait de ne plus parler à Clementine.

— Celia, pourquoi êtes-vous venue me voir ? reprit calmement le pasteur. Je ne peux pas vous donner de bons conseils si je ne connais que la moitié de l'histoire, qui est sans doute la moins importante.

Il n'y avait rien d'autre à dire que la vérité.

— Seth Marlowe est passé me voir à l'église pendant que j'arrangeais les fleurs. Il m'a dit que si je restais trop proche de Clementine ou si je m'opposais d'une manière ou d'une autre à ce que lui-même souhaitait, il raconterait à tout le village que j'ai menti après avoir prêté serment devant Dieu, me rendant coupable de parjure… Et que plus personne ne me ferait jamais confiance. Que vous seriez vous-même terriblement déçu et me demanderiez sans doute de quitter la paroisse…

— Je suis désolé… Pauvre Seth ! murmura Roberson d'un air peiné. Les femmes qu'il a aimées l'ont tellement déçu que ses idées en sont perverties. Il a du mal à croire qu'une femme aussi adorable que Clementine puisse faire le choix de l'épouser et être tout ce qu'il désire. Je crains que vous ne deviez lui laisser du temps pour réaliser son bonheur, et croire de nouveau en la bonté divine. C'est beaucoup vous demander. Mais je lui parlerai et le dissuaderai de répandre d'aussi ignobles commérages.

Celia se mordit la lèvre pour s'empêcher de parler trop vite. Le pasteur n'avait rien compris ! Comment allait-elle lui expliquer ?

— Clementine n'a aucune famille, commença-t-elle. Mr. Marlowe ne veut pas que je sois amie avec elle…

Elle sentit sa voix se faire plus pressante.

— Elle va s'embarquer dans une nouvelle vie, ce qui représente un grand changement. Des choses l'inquiètent, des choses qui sont nouvelles pour elle. Je pourrais...

— Marlowe l'aime très profondément, dit le pasteur. Je ne connais pas très bien votre mari, mais il me semble être un brave homme. N'a-t-il pas été bon avec vous ?

Celia se surprit à rougir. Il avait compris de travers. Ce n'était pas du tout à cela qu'elle faisait allusion !

— Oh ! vous vous méprenez complètement... Je parlais de choses simples, s'empressa-t-elle de préciser. Comme la cuisine, la lessive, apprendre à s'adapter aux habitudes de quelqu'un d'autre et à ses façons de faire.

— Ils devront tous deux changer un peu, répondit le pasteur avec patience. Mieux vaut ne pas nous en mêler. Même avec la meilleure volonté du monde, on risquerait d'envenimer les choses... Chacun est tenté de prendre parti, mais il est préférable de s'en abstenir. Car, naturellement, vous comprendriez mieux Clementine, et pas du tout Seth. Vous ne pouvez pas lui reprocher de voir les choses de cette manière et d'avoir peur...

Il secoua lentement la tête avant de poursuivre :

— C'est un nouveau bonheur inattendu qui arrive tard dans sa vie, alors qu'il n'en avait plus l'espoir. Qu'il redoute de le perdre est normal...

Ses lèvres se pincèrent d'émotion.

— Il a terriblement souffert, vous savez. Sa première femme a été un vrai drame, et elle a fait beaucoup de mal à leur unique enfant. Sans doute n'était-ce pas entièrement sa faute, mais cela n'a diminué en rien le chagrin qu'il a éprouvé.

Celia s'abstint de répondre. Elle se fit la réflexion qu'elle aimait beaucoup Arthur Roberson, mais qu'il ne comprenait pas un traître mot de ce qu'elle lui disait. Il avait une image de Seth Marlowe très différente de la sienne. Se serait-elle trompée ? Jugeait-elle trop vite sans prendre en compte la souffrance d'autrui… et en l'interprétant de travers ?

— Je sais qu'il est difficile de pardonner à quelqu'un qui a fait du mal à une personne que l'on aime, reprit le pasteur d'un air grave. Et que c'est même plus difficile que s'il nous avait fait du mal à nous. Mais vous devez lui laisser une chance de rendre Clementine heureuse. Je crois sincèrement qu'elle saura apaiser la terrible blessure qu'il porte au fond de lui. N'est-ce pas ce que vous leur souhaitez à tous les deux ? Ce mariage pourrait être pour lui une vraie bénédiction !

Le regard soudain plus doux, il sourit, puis enchaîna :

— Clementine est une belle femme, à sa manière. Il y a en elle un éclat, une lumière intérieure… Vous verrez que Marlowe changera. Mais vous devrez pardonner l'ombre et la douleur qu'il a en lui avant que celles-ci soient guéries. La plupart d'entre nous ne le faisons qu'a posteriori.

Celia savait que, dans le principe, c'était vrai. Cependant, il n'avait pas vu le visage de Marlowe, ni la main qu'il avait levée dans l'intention de la frapper. Le pardon n'était pas censé être facile. Elle n'aimait pas du tout Marlowe, mais n'était-ce pas justement là le problème ? On ne devait pas juger, surtout lorsqu'on ne savait pas. Mais pardonner quand même ?

Celia revint au sujet qui l'avait amenée chez le pasteur.

— Et que pensez-vous du fait que j'ai menti au tribunal, alors que j'avais prêté serment ?

— Est-ce que mentir vous a été facile ? demanda Roberson.

— Non, jamais je n'ai eu aussi peur...

Le souvenir lui revint, comme une douleur aiguë encore à vif.

— Je n'aurais pas pu vivre en agissant autrement, ajouta-t-elle.

Et c'était la vérité. À ce moment-là, mentir lui avait semblé être la seule chose juste à faire. Elle en avait eu la profonde conviction.

Roberson lui sourit avec une grande douceur, bien qu'elle soit convaincue qu'il ne comprenait toujours pas. Il pensait que Marlowe était un homme bon, et que l'amour de Clementine chasserait les tourments de son âme. Était-ce la vérité ? Était-ce elle qui était incapable de le voir ou, pire, qui refusait de le voir ? Que savait Roberson au sujet de Marlowe qu'elle ignorait ? N'était-elle pas en droit de le savoir ? Ou, en l'occurrence, de vouloir le savoir ? Était-ce important, du moment qu'il ne faisait pas de mal à Clementine ?

Celia se leva. Le pasteur l'imita.

— J'ai suivi en partie le procès d'Exeter, dit-il d'un air grave, le visage assombri en repensant à ce drame. Ne laissez pas ce souvenir déformer votre jugement, ma chère... Espérez, gardez toujours l'espoir.

Il la raccompagna à la porte. Juste avant de l'ouvrir, il reprit la parole :

— Je dirai un mot à Seth à propos de la bienveillance. Clementine aura besoin de ses amies, surtout si elle se retrouve enceinte. Marlowe ne devrait pas croire qu'il peut être tout pour elle. Personne ne le peut. Toutefois, quand on est amoureux, il est assez normal d'imaginer que c'est possible… Clementine vous aime beaucoup. Et vu qu'elle a perdu sa mère il y a quelque temps, c'est tout naturel. Marlowe la gardera plus près de lui s'il a la main légère que s'il a la main lourde.

Celia se força à lui sourire. Elle aurait été infiniment plus heureuse si Clementine avait épousé Arthur Roberson, mais le dire serait impardonnable. Son amie n'avait jamais regardé le pasteur de cette manière, quand bien même lui avait semblé le faire.

— Je vous remercie, dit-elle simplement.

En sortant du presbytère, Celia s'engagea sur la route qui descendait vers le cottage où Clementine louait deux pièces. L'endroit suffisait tout juste à ses besoins et lui laissait peu d'intimité, cependant elle pouvait vivre là parce qu'elle faisait le ménage dans la maison de la vieille dame qui en était la propriétaire. Et elle faisait beaucoup la cuisine, un domaine dans lequel elle excellait – sans doute était-ce un don que lui avait transmis sa mère. Néanmoins, elle se trouvait dans une situation de dépendance, dont elle serait libérée d'ici quelques mois.

Le serait-elle vraiment ? Être célibataire, n'avoir que soi sur qui compter, était certes difficile, mais on pouvait s'en aller lorsque la situation devenait intolérable, même si le seul espoir était une autre place de domestique, offrant au mieux de meilleures conditions. Une fois mariée, on était dans l'obligation de rester, quelles que soient les circonstances. Celles-ci pouvaient être heureuses, comme elles l'étaient pour Celia. En réalité, elle était si heureuse qu'il lui arrivait parfois de rester éveillée la nuit, par crainte de s'endormir et de se réveiller toute seule en s'apercevant que tout cela n'avait été qu'un rêve dont il ne lui restait plus qu'un souvenir.

Étendue dans le noir, elle écoutait le souffle régulier de Hooper dans son sommeil, sentait la chaleur de son corps contre le sien et pensait au sourire qu'il aurait à son réveil, à sa main qui toucherait la sienne.

Mais qu'adviendrait-il si Clementine épousait Marlowe ? À peine une heure plus tôt, il était apparu devant Celia fou de rage, vindicatif et vengeur… Comment se comporterait-il avec sa jeune épouse ? Le pasteur ne connaissait que la version que Marlowe lui avait donnée de son histoire. Qu'en aurait dit sa première femme ? Personne n'avait entendu la version de Rose Marlowe, pas plus que celle de leur fille rebelle qui vivait dans la rue – Flavia, c'était son prénom. Marlowe parlait d'elle à mi-voix, comme si elle était morte, bien qu'il n'eût aucune idée de l'endroit où elle se trouvait. Qu'elle soit morte ou pas, elle l'était à ses yeux.

Qu'en pensait Clementine ? Sûrement avait-elle de la peine pour la jeune fille, pour Flavia Marlowe.

Celia allait voir son amie, mais pour lui dire quoi ?

Au lieu de marcher à vive allure, poussée par l'indignation, elle ralentit le pas. La route passait devant de jolis cottages et des maisons plus imposantes, la plupart construites en briques avec des toits d'ardoise.

Maintenant qu'elle hésitait sur ce qu'elle allait faire, l'indécision tempérait sa colère. Il fallait qu'elle parle à Clementine, ne serait-ce que pour lui expliquer pourquoi elle ne pourrait plus tenir le rôle de conseillère et d'amie qu'elle lui avait promis. C'était en quelque sorte une trahison. Elle avait fait une promesse, or on ne devait jamais rompre ses promesses. Cependant, là, c'était différent. Plus elle repensait au visage de Seth Marlowe, moins elle doutait qu'il mettrait sa menace à exécution si elle lui désobéissait.

Que devait-elle faire ? Révéler à Clementine une part de la vérité, suffisante mais pas plus, pour qu'elle comprenne ? Ne pas parler de la laideur qu'elle avait vue sur le visage de Marlowe, de sa haine… ou de sa peur ? Le pasteur avait-il raison ? Sa première femme l'avait-elle si profondément meurtri que sa blessure était loin d'être refermée et saignait encore ?

Clementine était une guérisseuse-née. Elle s'était occupée de plusieurs personnes malades au village, et bien qu'elle l'ait fait en toute discrétion, celles-ci lui avaient exprimé leur gratitude. Et elle avait soigné des animaux blessés, parfois avec l'aide de Celia. C'était un grand bonheur auquel elles tenaient toutes les deux que de prendre soin d'un chat ou d'un chien blessé, de le nourrir régulièrement, de veiller à ce qu'il ne cherche pas à se lever tant que ses os n'étaient pas consolidés, ou à arracher les points de suture avant que la peau ne se soit refermée sur la plaie. Celia sourit en repensant à un chat blanc fou tombé d'un arbre qui s'était fracturé de si nombreux os qu'elles avaient cru qu'il ne survivrait pas. Un vieil homme avait proposé de l'achever sans tarder pour lui épargner des souffrances, mais Clementine s'y était opposée, comme si elle défendait un enfant. Celia l'avait aidée à soigner l'animal, qu'elle avait installé sur une couverture devant le poêle de sa cuisine. On était alors en hiver, et il faisait très froid, plus encore qu'en ce moment. Le chat avait fini par se rétablir, ne gardant de l'accident qu'une légère claudication, ainsi qu'une certaine réticence à grimper en haut des arbres !

Étant donné l'amitié qui les liait et toutes les épreuves qu'ensemble elles avaient traversées, pourquoi n'aiderait-elle pas Clementine à choisir sa robe de mariée, à organiser la cérémonie, à dresser la liste des invités et à faire tout ce qu'elle voudrait en la conseillant ? Ou en gardant le silence ? Quoi qu'il en soit, elle le ferait toujours avec grand plaisir. Parce que Marlowe ne le voulait pas ? Quelle serait la situation désormais ? Marlowe voulait bien ceci, Marlowe ne voulait pas cela… Ne voyait-il pas qu'il étouffait leur amitié ?

Celia traversa la route et passa devant un bosquet d'arbres qui dessinaient comme une dentelle sur le ciel.

Que pourrait-elle dire qui ne soit pas juste mesquin mais pragmatique ? Il ne devait à aucun prix y avoir d'autre lettre, seulement elle n'avait aucune idée de qui avait envoyé la première. Et si elle cherchait à le savoir, nul doute que Marlowe se déchaînerait à son encontre. Deux personnes qu'elle aimait, Hooper et Clementine, en seraient meurtries.

L'auteur de la lettre était-il quelqu'un qui détestait Marlowe ou qui le redoutait ? Peut-être que, si elle participait davantage à la vie du village, elle apprendrait qui c'était. Parfois, le seul moyen de se défendre était l'attaque.

Tout en marchant, Celia réfléchit à toutes les personnes que Marlowe avait blessées ou rabaissées à un moment ou à un autre. Elles étaient nombreuses, mais les avait-il offensées de façon assez grave pour justifier de telles représailles ? Pour se défendre de cette manière, il fallait être très courageux, ou très désespéré. Et pourtant, c'était ce qui s'était passé. Qui aurait eu des secrets assez sombres pour réagir ainsi ? Et qui aurait eu connaissance de la vie de Marlowe pour disposer d'une arme contre lui ?

Arthur le saurait-il ? Il lui répondrait qu'il se devait de préserver les secrets qu'on lui confiait. C'était un devoir sacré. Mais n'était-ce pas un devoir sacré de prévenir un crime ? La blessure infligée à Clementine et à Marlowe lui-même serait profonde, ou pourrait l'être. Qu'en serait-il de celle infligée à la personne qui ferait une telle chose ? Elle serait durable, laisserait une tache sur son âme. Le pasteur ne voudrait-il pas empêcher cela ?

En tout cas, c'était une hypothèse envisageable.

Mais Arthur ne pourrait intervenir que s'il savait de qui il s'agissait. Le savait-il ?

Celia venait d'arriver devant la porte du cottage entourée de rosiers. Il était trop tard pour faire demi-tour. Clementine l'avait aperçue par la fenêtre du salon.

Un instant plus tard, la jeune femme vint ouvrir la porte.

— Miss Drew fait la sieste, dit-elle tout bas. Entre… Tu as l'air préoccupée. Il est arrivé quelque chose ?

Dans son for intérieur, Celia débattait encore sur ce qu'elle allait dire, ou si elle devait dire quoi que ce soit. La perspicacité de Clementine l'avait privée d'au moins un choix : nier son inquiétude lui était impossible. Elle accepta l'invitation et, sachant que la vieille dame dormait, entra sur la pointe des pieds.

Était-il possible que Marlowe soit déjà venu parler à Clementine ?

Cette dernière emmena Celia dans le salon, où il y avait de grands fauteuils tapissés de chintz, des rideaux aux motifs fleuris, des vases remplis de fleurs et des photos de gens dont Clementine avouait ignorer qui ils étaient. Sans rien dire, la jeune femme remit une bûche dans l'âtre, puis vint s'asseoir dans le fauteuil qui tournait le dos à la fenêtre et à la lumière déclinante de l'après-midi.

— Qu'est-ce qui ne va pas, Celia ? Et ne me réponds pas qu'il n'y a rien. Je le vois bien sur ton visage… Et si rapide que tu sois, la nuit sera tombée quand tu rentreras chez toi… et tu auras de la chance s'il ne pleut pas !

Regrettant d'être venue, Celia se lança. Gâcher le bonheur de Clementine était la dernière chose qu'elle voulait, néanmoins ne pas lui expliquer son soudain silence était impossible.

— J'ai eu une sorte de différend avec Mr. Marlowe, commença-t-elle. Sans doute ai-je eu des propos maladroits, mais il m'a interdit de me mêler des préparatifs de ton mariage. La manière que j'ai eue de m'expliquer ne l'a pas satisfait. Je suis sincèrement désolée. J'ai tellement envie de te voir heureuse que je me suis peut-être trop inquiétée…

Consciente de n'arranger en rien les choses, Celia en resta là.

Clementine soutint son regard, puis baissa les yeux et contempla ses mains croisées sur ses genoux.

— Je suis désolée moi aussi, murmura la jeune femme. Je ne peux pas m'empêcher d'avoir l'impression qu'il t'a mal comprise. J'ai essayé de lui faire entendre raison, mais je crains de ne pas m'y être très bien prise… Il a cru que je préférais ton avis au sien…

Elle releva les yeux, le teint pâle et l'air malheureux.

Celia ne chercha pas à l'interrompre. Elle ne trouvait pas quoi dire.

— Il pense que je lui suis déloyale. Et je ne peux pas lui faire ça, tu le comprends, n'est-ce pas ? Il a tellement souffert… Après tout ce que Rose lui a fait subir, il faut que je gagne sa confiance. Il est si vulnérable…

Clementine regarda son amie d'un air sombre, puis enchaîna :

— Je ne peux pas imaginer la douleur qu'il a endurée, et pendant des années… Il a vu les femmes qu'il aimait si fort tout perdre. Tu sais, sa sœur Una a été malade la majeure partie de sa vie… Elle a toujours été de santé fragile. Chaque hiver, ils redoutaient qu'elle ne soit prise d'un nouveau refroidissement, d'une nouvelle fièvre, qui chaque fois la laissait plus affaiblie. Et Seth avait beau s'y attendre, la mort de sa sœur lui a brisé le cœur… Arthur et Seth ont essayé de se consoler mutuellement, mais aucune amitié au monde ne peut rien contre le poids du chagrin ou de la solitude.

Celia acquiesça en silence. Elle comprenait très bien de quoi parlait Clementine. Elle aussi avait affiché un air courageux, alors que la solitude parfois lui fendait l'âme. C'était la chance de Clementine de pouvoir apporter à Marlowe sa sagesse, son attention, et de donner de l'amour à un homme qui en avait désespérément besoin. Celia, plus que tout autre, aurait dû se réjouir pour son amie. Elle s'en voulut d'en douter, ne serait-ce qu'un instant.

— Bien sûr, dit-elle. Les peurs n'ont pas besoin d'être rationnelles pour faire du mal.

— Merci, dit Clementine en souriant. Naturellement, je veux avoir tes conseils, et ton aide. Je m'aperçois tout à coup du peu que je sais… Il faut du courage, non, pour changer, pour partager sa vie avec quelqu'un d'autre ? Mais je sais à quel point tu es heureuse, et comme ton humeur transforme ton regard, ta façon de sourire, lorsque tu rentres chez toi en sachant que Mr. Hooper sera là à t'attendre. Tu gravis la pente comme si de rien n'était ! Et quand tu es au repos, tu souris, comme si tes pensées te rendaient heureuse. J'aimerais être comme ça… comme toi !

Celia sentit ses joues s'empourprer. Elle ne se doutait pas qu'elle était aussi transparente. Était-elle venue ici sans raison ? Pour éveiller un rêve dans le cœur de Clementine qui ne ferait au bout du compte que la meurtrir ? Elle s'apprêta à dire quelque chose, avant de s'apercevoir qu'elle ne savait plus quoi. Néanmoins, quoi que ça ait pu être, ce n'était plus important. Alors qu'une erreur le serait terriblement.

— Je suis certaine que tu seras la meilleure chose qui lui soit jamais arrivée, dit-elle avec sincérité.

Il ne s'agissait pas de Seth Marlowe. Celia commençait à avoir pitié de lui. Toutefois, plus il y aurait de distance entre eux, mieux ce serait.

— Je n'ai aucune envie de m'interposer, reprit-elle. Ou de te donner mon avis s'il ne le souhaite pas. Je voudrais juste être là pour toi si tu as besoin de moi.

— Je suis sûre que ce sera le cas, dit Clementine en rougissant. Mais, pour l'instant, je vais obéir à ce qu'il veut. Je suis désolée. Peut-être pourrais-tu me donner quelques conseils d'ordre domestique ?

— J'en doute ! répondit Celia avec un sourire piteux. Ce serait plutôt à toi de m'en donner… Tu es meilleure cuisinière que je ne le serai jamais !

— C'est ma mère qui m'a appris. J'ai un peu parlé d'elle à Seth, mais… pas encore beaucoup.

— Le bon moment se présentera, la rassura Celia, bien qu'elle vît mal comment.

À la vérité, elle n'imaginait pas Seth Marlowe capable d'être amoureux, ne fût-ce qu'un petit peu. Elle allait devoir faire de plus gros efforts si elle voulait être à la hauteur de ce qu'exigeait la simple charité.

— Je te remercie, dit Clementine en lui prenant la main d'un geste impulsif. Si nous avons la joie d'avoir des enfants, ce sera une vie entièrement nouvelle pour Seth lui aussi. J'espère et je crois en l'avenir… et que l'amour durera.

— Naturellement.

Il n'y avait rien d'autre à répondre. L'homme que voyait Clementine était très différent de celui que Celia avait vu à l'église. Cependant, elle comprenait que l'idée de passer à côté d'un mariage qui promettait le meilleur à son amie et illuminerait le reste de sa vie était inenvisageable. Celia le comprenait mieux que quiconque. Sa propre existence avait changé de la même façon que celle de Clementine était sur le point de le faire. Elle serait impardonnable si, de manière délibérée ou inconsidérée, elle ruinait cet espoir.

Celia s'attarda encore un moment avant de prendre congé. Parler d'autres sujets lui parut bizarre. L'artifice n'avait pas sa place dans leur relation amicale.

Lorsqu'elle repartit à pas lents, elle eut l'impression d'être de plus en plus perplexe, comme si elle avait subi une perte, comme si un morceau de terre s'était détaché et dérivait au loin. Et si ce n'était qu'une rupture pour l'instant, l'éloignement ne ferait que s'accentuer : la marée était à l'œuvre.

Le vent en plein visage, Celia baissa la tête pour se protéger. Elle songea aux petites choses que Clementine et elle avaient partagées, au plaisir qu'elles prenaient à voir éclore les premières fleurs ou apparaître les feuilles vert tendre sur les saules, tel un voile de mousseline jeté sur les branches nues. Mais aussi aux moments plus sombres, lorsqu'elles unissaient leurs forces afin de soulager quelqu'un dans la peine, ou encore à ces instants où elles savouraient une douce ironie qui se passait de mots, lorsqu'un regard leur suffisait à se comprendre, ou au fou rire qui les prenait face à une situation ridicule. Seth Marlowe allait-il vraiment mettre fin à tout cela ?

Clementine changerait. Serait-elle réellement plus heureuse ? Son besoin d'appartenance, son espoir d'avoir des enfants, un foyer et une dignité à elle, d'être respectée là où elle pensait n'avoir été que tolérée et prise en pitié, tout cela valait-il de payer un tel prix ?

Celia inspira profondément pour réprimer le cri qui montait dans sa poitrine. Elle vit avec étonnement qu'elle serrait les poings. Ce n'était pas à elle de choisir. Elle ne devait même pas chercher à le faire.

TROISIÈME PARTIE

Ce soir-là, Hooper rentra de bonne heure. Ravie de le retrouver, Celia l'interrogea sur sa journée, pas seulement pour éviter de parler de la sienne, mais parce que ça l'intéressait réellement. La vie sur le fleuve était tellement plus intense qu'elle ne l'avait imaginé en l'observant de la rive ! Son mari lui avait déjà parlé de certains grands navires ancrés dans le port de Londres, des pays lointains d'où ils venaient, des mers immenses qu'ils avaient traversées, de terres étranges et de rivages sauvages. Il lui décrivait les tropiques que lui-même avait vus pendant les années où il avait été marin, les mers aux nuances bleues et violettes où des poissons volants fendaient les flots ! Et, dans le Nord, les rivières gelées quasi immobiles, et les montagnes de glace flottant à la surface de l'eau.

Ce soir-là, ce fut un peu différent. Elle ne s'en rendit compte que lorsque son mari cessa de parler et se pencha vers elle, le regard grave, la voix toujours aussi douce.

— Qu'est-ce qui ne va pas, Celia ?

Il n'y avait aucun doute dans ses yeux. Si elle niait, il le prendrait comme un manque de confiance, une confiance tacite mais qui s'éprouvait dans la peine. Or, pour rien au monde, elle n'était prête à la perdre.

— Celia ?

— Ce matin, je suis allée arranger les fleurs à l'église.

Elle restait dans le vague, ce qu'elle détestait. Il fallait qu'elle lui parle avec franchise, ou pas du tout. L'idée d'un mensonge entre eux, comme un rocher au milieu du lit, lui était insupportable.

— Et Seth Marlowe est arrivé.

Elle attendit qu'il dise quelque chose, cependant il n'en fit rien.

— Il m'a ordonné de ne pas donner de conseils à Clementine, d'aucune sorte, mais surtout concernant les questions personnelles. Il a dit qu'il lui donnerait tous ceux dont elle aurait besoin. Parce qu'elle allait devenir sa femme et que ça changeait tout.

Le visage de Hooper s'assombrit, mais il se garda d'intervenir.

Celia comprit à son expression qu'il se préparait à entendre quelque chose qui ne lui plairait pas, voire qu'il ne tolérerait pas.

— Je lui ai fait remarquer qu'elle aurait besoin d'une femme pour partager certaines de ses inquiétudes… Je n'aurais pas dû avoir à le préciser, mais, de toute façon, il ne m'écoutait pas. Ce qu'il veut, c'est que je disparaisse de son univers, que je sois polie avec elle à l'église, rien de plus. Et je suis certaine que Clementine va lui obéir. Elle est décidée à l'aimer, à le protéger.

Elle s'entendit parler comme si elle cherchait à couvrir un mensonge. Ce n'en était pas un, sinon par omission. Ce qui était tout aussi malhonnête. Non, davantage, car elle se mentait également à elle-même.

Hooper attendait. Devait-elle lui parler de la menace qu'avait proférée Marlowe ? Elle aurait préféré s'en abstenir. Cependant, si Marlowe pensait qu'elle avait enfreint ses recommandations, il mettrait sa menace à exécution. Dès lors, son mari saurait qu'elle lui avait menti. Et même s'il ne le savait pas, Marlowe ferait en sorte qu'il l'apprenne. Elle avala péniblement sa salive et dit :

— Marlowe m'a menacée.

Hooper se raidit.

— Quoi ?

Celia avait hâte d'en finir.

— Il a suivi le procès d'Exeter. Il sait que j'ai menti sous serment. Et que c'était un parjure.

— Tu as fini par dire la vérité. Et tu n'as été accusée de rien.

Bien qu'il ait parlé d'un ton neutre, sa voix tremblait – de colère, pas de peur.

— Oui, je sais. Mais est-ce ainsi que les autres verront les choses ? Et s'il raconte à Clementine que je suis capable de mentir en ayant la main sur la bible, après avoir juré devant Dieu de dire la vérité ?

Parce qu'elle avait besoin qu'il lui réponde, et qu'il le fasse en toute sincérité, elle ajouta :

— Est-ce que tu le croirais, toi, si tu ne m'aimais pas ?

— Je suis content que tu saches que je t'aime, répondit Hooper en posant sa main doucement sur la sienne. Est-ce que tu as peur ?

— Oui… non… non, bredouilla Celia.

Elle n'avait pas vraiment peur, enfin, pas encore.

— Mais je m'inquiète pour Clementine. Je sais très bien ce qu'elle ressent, dit-elle avec un petit sourire. Je me revois il y a quelques années… Elle a envie de se marier, d'avoir des enfants, et ce qu'elle sait de son passé l'en a jusqu'à ce jour empêchée…

Elle le regarda d'un air grave.

— Clementine est extrêmement vulnérable, John. Et je comprends ce qu'elle ressent. Il est très facile de se protéger en renonçant à l'espoir, en ne se laissant pas atteindre suffisamment pour être meurtri. Et les gens le voient. Elle serait prête à en payer le prix du moment que personne d'autre n'en souffre. Elle croit sincèrement qu'elle pourrait l'aimer assez pour qu'il se sente en sécurité, qu'elle serait capable de dissiper la peur qu'il a en lui pour qu'il soit heureux et qu'il change. J'ai vu arriver ça chez d'autres.

— La plupart d'entre nous pouvons être heureux quand nous avons ce que nous voulons, observa son mari. La véritable victoire consiste à être aimable quand bien même nous ne l'avons pas.

— Je sais. Mais toutes les victoires valent-elles la peine ? Et d'ailleurs, qui sommes-nous pour juger ?

Celia le pensait aussi clairement qu'elle l'avait formulé. Elle observa son mari pour voir s'il comprenait, ou s'il était contrarié qu'elle s'exprime ainsi.

— Personne, reconnut-il, un sourire aux coins des lèvres. Tu as parfaitement raison de donner à Clementine toute la latitude qu'elle demande. Cette fois-ci. Mais qu'adviendra-t-il la suivante ?

— La suivante ?

Pendant quelques secondes, elle ne comprit pas.

— Oui, la prochaine fois que Marlowe te demandera de faire ou de ne pas faire une chose et qu'il te menacera de parler du rôle que tu as joué au procès d'Exeter, et du mien dans la mutinerie du *Mary Grace*, si tu ne fais pas ce qu'il veut ou ne suis pas son conseil concernant Clementine, ou Arthur Roberson ou n'importe qui.

Celia se figea. La compréhension de tout ce qu'il venait de dire, et en si peu de mots, monta en elle comme de l'eau glacée. Elle s'étonna d'être encore capable de respirer.

— Je suis désolé, murmura Hooper. Mais voudrais-tu entendre autre chose que la vérité ?

Elle n'avait pas la réponse. Ou plus exactement, elle en avait plusieurs, dont aucune ne correspondait à ce qu'elle voulait croire, ou admettre.

Il attendit.

— Tu ne penses pas qu'il changera après avoir épousé Clementine ? demanda Celia en scrutant son visage. Quand il sera heureux ou rassuré dans ses sentiments ?

— Allons, ma chérie, fonderais-tu ton jugement sur la probabilité qu'il change de sentiments ? Crois-tu que cela rendra Clementine heureuse ? Qu'elle le convaincra de rester convenable, qu'elle l'empêchera d'exercer un chantage uniquement en le satisfaisant ?

— Je n'ai pas dit que… Tu crois qu'il le fera, qu'il parlera du procès à tout le monde ? Que ce n'est pas une simple menace en l'air destinée à m'effrayer ?

— Est-ce le cas ? Est-ce que ça t'effraie ?

— Non. Enfin…

Celia songea à quel point elle se sentait blessée quand on pensait du mal à son sujet. Ici, et nulle part ailleurs, elle était chez elle. Se défendre contre des rumeurs était impossible, d'autant que celles-ci n'étaient jamais précises. Les gens avaient honte de colporter des ragots, ils prétendaient ne pas y croire, et pourtant, ils y croyaient.

— Qu'est-ce qui ne va pas chez cet homme ? demanda-t-elle brusquement.

Les histoires anciennes étaient aussi difficiles à saisir qu'une ombre, avant que quelqu'un se charge de les rectifier. Mais le soupçon, le doute, tout cela demeurait une fois les faits oubliés.

— Celia ?

— Oui ?

— Est-ce vraiment ce que veut Clementine ? Alors qu'elle est seule, vulnérable et qu'elle va peut-être pour la première fois avoir un enfant ? Elle aura besoin de toi pour toutes sortes de choses, mais surtout d'un avis dépourvu de critique, et de l'amitié de quelqu'un qui l'accompagne sur un chemin qu'elle ne connaît pas. Quand on se sent mal à l'aise et vulnérable, on a besoin plus que tout de bienveillance.

Celia ne dit rien. Soudain, de façon ridicule, elle eut les larmes aux yeux. C'était absurde ! Mais il avait raison, l'essentiel était la bienveillance. Elle aimait profondément son mari et, ce qui comptait plus encore, elle avait la certitude qu'il l'aimait. Cependant, elle avait parfois des moments bizarres où elle ressentait le besoin d'être seule, de n'avoir à rendre de comptes à personne. Encore moins à quelqu'un qui serait toujours là à remarquer les erreurs les plus stupides. Mais les erreurs étaient inévitables. Le don d'amour, la capacité de fermer les yeux ou d'oublier, était l'une des choses les plus précieuses que l'on pouvait posséder.

Cette pensée la ramena à ce qu'avait dit Arthur Roberson. N'était-ce pas le véritable don de Noël, qui approchait à toute vitesse ?

— Marlowe s'est contenté de me menacer, dit Celia d'une voix claire en redressant la tête. Il n'a rien fait. Et je ne crois pas qu'il fera quoi que ce soit.

Elle repensa à la lettre qu'il avait évoquée. Devait-elle en parler à son mari ?

— Est-ce à cause de Clementine ? demanda celui-ci d'un ton incrédule. Est-ce pour son bien à elle que tu veux l'épargner ?

Celia était piégée. Elle sentit un étau se refermer sur elle.

— Je n'ai pas envie d'être le genre de personne qu'il est, répondit-elle. Il trouve toujours des torts aux autres, voit de la culpabilité où il n'y a que de l'ignorance et des erreurs ordinaires… La plupart des gens ne commettent pas de péchés, John. Ils gardent les yeux sur leurs besoins, ils volent les autres sans en avoir l'intention, par instinct de préservation, pas par méchanceté. Ou par négligence, si tu préfères.

— Mais n'est-ce pas de l'égoïsme ? Moi d'abord et avant tout, et les autres éventuellement après ?

Elle ne répondit pas. Comment quelque chose pouvait-il être aussi troublant et aussi fort en même temps ? Elle détestait mentir à Hooper. Or ce genre d'omission était du mensonge. Des mensonges graves et répétés pouvaient découler d'avoir omis un fait terrible. C'était la pierre d'angle d'un mur qui finirait par le séparer d'elle. Un mensonge en entraînait un autre, puis encore un autre.

Hooper était policier. Parfois, elle l'oubliait. Elle pensa à lui sur le fleuve, notamment lorsque le temps était exécrable. Souvent, il rentrait à la maison gelé et épuisé, mais elle savait déduire de ses silences, de la douceur de ses gestes et de son envie d'être avec elle qu'il avait assisté à un drame. Cependant, jamais il n'y faisait allusion. Il lui parlait de choses amusantes, des hommes de son équipe, de leurs succès ou, certaines fois, de leurs échecs. Elle avait l'impression de les connaître à travers son regard. Tout cela lui donnait une image de la vie de son mari qui l'impliquait, et qui lui avait permis de mieux le comprendre.

Celia aurait bien voulu avoir quelque chose d'aussi intéressant à lui faire partager, mais, en comparaison, tout dans sa vie semblait fade, domestique, répétitif. Elle avait eu l'impression d'être très ennuyeuse, jusqu'au jour où il lui avait rappelé le nombre de fois où elle était venue en aide à d'autres personnes et avait appris à les comprendre. Les gens se tournaient vers elle parce qu'elle prenait le temps de les écouter.

« Je ne fais rien de plus que les écouter, avait-elle dit. La plupart du temps, je ne peux pas les aider.

— Écouter est une aide précieuse, avait rétorqué Hooper. En général, le désespoir que je vois est dû au fait que personne n'est là pour écouter. »

Sans doute était-ce la vérité. Il s'agissait là d'une douce pensée.

— Alors ? insista son mari, la ramenant malgré elle à l'instant présent.

— Marlowe m'a accusée de lui avoir écrit une lettre abominable, au sujet de la mort de sa première femme. Une lettre anonyme, apparemment, qui l'accuse de choses horribles. Il n'a pas précisé lesquelles. Je pense qu'il n'a pas pu se résoudre à les répéter.

Mais il m'a affirmé que, si je n'arrêtais pas, il la montrerait à Clementine.

— Il n'en fera rien, dit Hooper avec assurance. Il ne veut pas que tu saches exactement ce qu'il y a dans cette lettre… et encore moins que Clementine le sache !

Celia le regarda droit dans les yeux.

— John, il est convaincu que je l'ai écrite, et que je sais donc ce qu'il y a dedans !

Il ignora sa remarque.

— Est-ce qu'il a envie que les autres le sachent ? T'a-t-il laissé entendre de quoi il s'agissait ?

— Juste quelque chose à voir avec Rose, sa première femme, qui est morte de façon tragique.

— Tu la connaissais ?

— Non, c'est arrivé avant que Marlowe vienne habiter ici.

Hooper demeura silencieux quelques minutes.

Celia attendit.

Et soudain, lentement, il se leva. Lorsqu'elle voulut en faire autant, il l'arrêta d'un geste.

— Non, je vais régler cette affaire tout seul. Reste ici, et verrouille la porte derrière moi.

— Il ne va pas…

Brusquement, elle revit Marlowe lever la main dans la salle des fleurs à l'église.

— Celia ?

Son mari la regardait avec le plus grand sérieux, sans ciller.

Si elle ne lui disait pas la vérité, quelque chose entre eux serait brisé. Par la suite, il ne serait jamais certain de sa complète honnêteté. Or c'était une chose que jamais Marlowe ne lui prendrait.

— Il a failli me frapper dans la salle de l'église… mais il ne l'a pas fait.

Hooper ne lui demanda pas pourquoi elle ne l'avait pas mentionné plus tôt. Sans doute parce qu'il comprenait.

— Garde bien la porte fermée à clé quand la nuit sera tombée. C'est ce que tu faisais avant que je vienne vivre ici, et tu dois continuer à le faire.

L'espace d'une seconde, un sourire éclaira son visage, un sourire débordant de tendresse.

— Fais-le pour moi. Je veux savoir que tu es en sécurité au coin du feu.

Celia faillit discuter, mais le regard de son mari l'en dissuada aussitôt.

— D'accord, John ! dit-elle avec une obéissance teintée d'une pointe d'humour.

Qu'il tienne ainsi à elle était une des choses qu'elle trouvait les plus rassurantes et les plus précieuses.

QUATRIÈME PARTIE

Hooper s'assit et observa Arthur Roberson. À la lueur des lampes à gaz qui éclairaient le salon du presbytère, les traits du pasteur paraissaient étonnamment plus durs qu'en plein jour, et ses rides plus marquées, lui donnant un visage plus intéressant qu'il ne l'avait supposé. Combien cet homme s'était-il entendu confier de chagrins sans jamais faire part du sien ? À qui s'adressait-il lorsqu'il était en proie au doute ou que l'assaillait une profonde solitude ?

— Peut-être que des excuses sont nécessaires avant le pardon, dit Hooper. Je n'en sais rien. Quoi qu'il en soit, elles le sont aux yeux de Celia. Elle s'inquiète pour Clementine.

— Clementine pourrait être le salut de Seth Marlowe, rétorqua Roberson avec un sourire triste. C'est une jeune femme douce, mais forte.

— Cela ne signifie pas qu'elle ne peut pas souffrir, lui fit remarquer Hooper.

— La vie, ce n'est pas éviter la douleur, mais apprendre à l'affronter, avec grâce et courage. Les vies des grands personnages sont des histoires de victoires sur la douleur et la perte, les graves ou les longues maladies, en supportant la difficulté avec dignité et en pensant aux autres.

Hooper n'était pas en désaccord avec ce que venait de dire Roberson. En réalité, au fond de lui, la vérité de ses propos faisait vibrer son admiration pour les victoires silencieuses qu'avaient remportées de grandes figures. Néanmoins, cela n'avait rien à voir avec la menace qu'avait proférée Seth Marlowe à l'encontre de Celia.

Il sourit d'un air désolé et dit :

— C'est aussi ne pas reporter sa douleur sur les autres en s'en servant comme d'un prétexte pour se laisser aller. Nous aider à y parvenir ne fait-il pas partie de votre tâche ?

Hooper garda le silence quelques instants, sans que rien d'autre lui vienne à l'esprit qui puisse aider le pasteur. Il était obnubilé par la détresse qu'il avait perçue chez Celia. Elle s'identifiait à Clementine dans sa solitude, son appréhension de commettre des erreurs alors qu'elle s'apprêtait à entamer un nouveau chapitre de son existence, sans avoir à ses côtés une mère, une sœur ou une tante pour l'épauler.

Il repensa avec tendresse aux premiers mois où ils avaient vécu ensemble après leur mariage. Celia avait fait de gros efforts pour dissimuler son inquiétude. D'un seul coup, il lui arrivait de laisser brûler un plat qu'elle avait réussi à merveille une centaine de fois. Et elle mettait un soin méticuleux à laver tout ce qui était en vue ! Il l'avait taquinée à ce sujet, et lui-même avait parfois commis des erreurs, avait pris une chose trop à la légère, ou lui avait fait de la peine en préférant l'ignorer. Après avoir pris conscience de son erreur, il se rendait compte que la seule chose délicate à faire consistait à ne pas la mentionner. Il suffisait de prononcer un mot reconnaissant sa gentillesse, une chose qu'elle avait dite ou faite, pour lui faire plaisir.

Et cela avait fonctionné également dans l'autre sens. Lui aussi avait été inquiet. En particulier, il avait été physiquement maladroit, avait craint de lui faire mal ou de l'embarrasser. C'était elle qui avait su se comporter avec douceur et le rassurer. Y repenser le fit rougir.

Il fallait qu'il protège Clementine, car, d'une certaine façon, elle se retrouvait dans la même situation qu'avait connue Celia. Imaginait-il que Marlowe aimait Clementine comme lui aimait Celia ? Avait-il le droit d'en juger ?

Roberson attendait la suite tout en l'observant.

— Quand on s'embarque dans quelque chose de nouveau, reprit Hooper, et qui doit réussir pour que l'on soit heureux, il faut avoir beaucoup de courage, ou très peu d'imagination, pour ne pas redouter de faire des erreurs qui vous coûteront cher.

Il n'y avait pas assez de place accordée aux erreurs, et personne vers qui se tourner pour obtenir un conseil, un réconfort ou un encouragement qui permettaient de réparer les dégâts, quels qu'ils soient.

— À nous d'encourager Marlowe à ne pas interdire à Clementine d'avoir des amies, enchaîna Hooper. Elle est jeune, elle a besoin d'amies avec qui elle a quelque chose en commun, besoin de rire et de légèreté. Elle n'est pas…

Il vit que Roberson voulait intervenir.

— Il changera, dit très vite ce dernier. Seth était…

— Profondément malheureux, compléta Hooper à sa place. Savez-vous pour quelle raison ?

— Non. À l'époque, Seth ne vivait pas ici. Il m'a parlé de la douleur qu'il avait ressentie. En toute confidence, bien sûr. Sa femme était… Mais je ne peux pas en discuter avec vous, Mr. Hooper. Je suis persuadé que vous-même avez été témoin de maintes tragédies dont vous ne pouvez pas parler. Je me demande parfois comment vous conservez votre équilibre. Êtes-vous libre d'en discuter avec… avec votre épouse ?

Hooper se fit la réflexion que le pasteur avait failli appeler Celia par son prénom. Peut-être se disait-il qu'il aurait aimé avoir une femme aussi gentille, et nettement plus avisée et observatrice que certains ne l'imaginaient. Il sourit.

— Elle ne me le demande pas, mais, oui, quelquefois, tard le soir, quand je ne parviens pas à oublier et à aller me coucher, je lui en parle un peu.

— Ça aide.

— Oui, c'est vrai.

Roberson sourit – un sourire d'une étonnante douceur.

— Vous êtes un homme très chanceux, dit-il. Ne privez pas Seth Marlowe de la chance de découvrir ce qu'il a de meilleur en lui, et laissez l'occasion à Clementine de lui offrir cette chance, en trouvant elle aussi ce qu'elle a de meilleur en elle. C'est une guérisseuse, vous savez. Non pas avec des médicaments, mais avec la gentillesse, la patience, la générosité du pardon, et le rire. Elle saura partager sa façon de vivre. Il se pourrait même que Marlowe renaisse…

Le pardon est un miracle, de bien plus de manières que vous ne le savez peut-être.

Hooper poussa un long soupir.

— Oui, je le sais très bien. J'ai moi-même été pardonné plus que ne le mérite quiconque. J'ai commis des erreurs, certaines graves, qui ont affecté d'autres personnes. Mais rares sont celles qui se pardonnent sans qu'il y ait d'abord eu réparation. Le véritable regret est synonyme de chagrin, pas d'excuses ou de justification.

— Je sais, dit Roberson. Clementine l'aidera et, en temps voulu, peut-être que Celia l'aidera également. Vous voulez bien leur laisser une chance ?

Il n'y avait qu'une réponse possible.

— Naturellement. Mais pas si cela doit se faire aux dépens de Celia. Je vous en prie, faites comprendre à Mr. Marlowe que s'il répand des médisances à son sujet de quelque manière que ce soit, je l'apprendrai et je ne le lui pardonnerai pas.

Roberson inspira un grand coup, mais il garda le silence.

— Votre mission consiste à défendre les innocents, ainsi que les repentants, ajouta Hooper.

— Je le sais. Tout comme c'est la vôtre, je crois. Vous arrêtez les coupables, mais, mieux encore, vous prévenez les crimes.

— Oui, répondit Hooper en souriant à l'argument aimable et puissant du pasteur. Je pense que vous préféreriez empêcher Seth Marlowe de faire circuler des rumeurs malveillantes sur autrui plutôt que de tenter de réparer le mal une fois fait. Un mal profond. Le venin ne s'extrait pas avec autant de facilité qu'il s'inocule. Vous le savez sûrement.

— Je ne suis pas d'accord, rétorqua Roberson avant que Hooper lui coupe la parole.

— Prenez une simple calomnie, à propos d'un homme, par exemple. Sa femme y croit parce que la personne qui l'a répandue lui semble être quelqu'un d'honorable. Tout le monde sait qu'elle y a cru. Et une fois que cela a divisé la famille, monté les fils et les filles les uns contre les autres, d'autres gens prennent parti. Et finalement, ce qui a été dit se révèle faux. Cependant, même si tout le monde s'excuse auprès de cet homme, pourra-t-il oublier qu'on a cru de lui une telle chose ? Et surtout, que sa femme l'en a cru capable ? Rien ne peut réparer pareille offense. Vous avez beau vous excuser, vous repentir autant que vous voulez, la blessure est là.

— Vous avez sans doute raison, concéda Roberson. Par conséquent, nous ferions mieux de ne pas tout croire non plus au sujet de Seth. Laissez-lui la chance de rendre Clementine heureuse. Si vous pensez du bien de lui, peut-être qu'il se montrera à la hauteur.

— Et en ce qui concerne ma femme ? Direz-vous à Marlowe qu'il n'a pas le droit de l'accuser d'avoir écrit une lettre malveillante à qui que ce soit ?

En voyant l'horreur qu'exprimait le visage du pasteur, il se tut.

— Une lettre malveillante ? Mais… c'est odieux ! s'exclama Roberson d'une voix rauque en pâlissant. Il doit… il devait être ébranlé au plus profond de…

À l'évidence, il cherchait une raison de pardonner à Marlowe.

— Lui a-t-il parlé de ce que disait la lettre ?

Le pasteur se passa la main sur le front, comme pour effacer l'ignominie qu'il venait d'entendre. Puis il leva les yeux vers Hooper.

— Il était certainement troublé, perdu… tenta-t-il pour excuser Marlowe.

— Il était en colère, précisa Hooper.

Roberson haussa les épaules, comme à regret.

— Peut-être…

— La plupart des gens ne le croiront pas, dit Hooper, espérant ne pas se tromper tout en sachant bien que les murmures pouvaient être cruels.

Il repensa à ce que lui avait dit Celia.

— Sans compter que c'est une tache épouvantable sur l'âme de celui ou celle qui écrit de telles choses. N'est-ce pas tout aussi important ?

— Je sais, je sais, dit Roberson. Je parlerai à Marlowe. Et… et je vais réfléchir à qui aurait pu se comporter ainsi. J'avoue n'en avoir aucune idée…

— Je vous remercie.

De retour à la maison, Hooper dut expliquer la situation à Celia. Il ne voulait pas qu'elle perde ses illusions sur la volonté, ou la capacité, du pasteur à affronter Marlowe en lui assénant quelques vérités désagréables sur son comportement, ses critiques et ses jugements.

— Il va essayer, dit-il doucement.

Ils étaient dans la cuisine. Celia avait mis la bouilloire à chauffer pour préparer du thé et sorti ses biscuits préférés.

— Tu veux dire qu'il n'y parviendra pas ? demanda-t-elle en se tournant vers son mari. Seth Marlowe écoutera poliment Arthur, mais il continuera exactement comme avant. Il connaît tous les arguments et toutes les citations qu'il faut, tirées pour la plupart de l'Ancien Testament. Il est capable de trouver un verset de damnation adapté à chaque situation !

— Je ne dis pas le contraire, ma chérie, dit-il en lui caressant la main. C'est bien pour cette raison que nous ne pouvons pas en rester là. Marlowe proférera de nouveau cette accusation quand il en aura besoin ou l'estimera utile. Ou simplement parce qu'il aura perdu son sang-froid.

Celia hocha la tête en se mordillant la lèvre.

Hooper n'avait aucune certitude sur ce à quoi elle pensait, mais il se dit que ce devait être à Exeter et à la mort de sa cousine. Il fallait affronter certaines réalités.

— Le pardon est son travail, ajouta-t-il en parlant de Roberson.

— Oui, je sais, murmura Celia, le regard peiné. Et ça paraît bien, mais ça peut devenir une excuse pour tendre l'autre joue de façon systématique ou, si on veut être vraiment honnête, pour regarder ailleurs.

Sa franchise le sidéra. Celia connaissait Arthur Roberson depuis des années, elle l'écoutait avec respect, et souvent, mais elle se rendait compte que sa gentillesse était en partie une manière de fuir les désagréments. C'était une solution facile qui, du moins au début, n'offensait pas la conscience. Notamment si on ne cherchait pas plus loin ce qui valait mieux pour la personne à qui on s'adressait. Sur le moment, lui tenir le discours qu'elle avait envie d'entendre était facile. Comment penser au lendemain, ou à la semaine suivante, à l'instant où il faudrait faire face à un nouvel écart et à ses conséquences, à ce moment où il s'avérerait que l'on s'était trompé ?

— Le repentir ? suggéra Hooper.

Aussitôt, il le regretta, mais trop tard. Il vit le trouble sur le visage de Celia.

— Je n'en suis pas sûre, dit-elle. Je pensais qu'il était beau de pardonner sans condition, car le pardon doit être inconditionnel, sinon il n'est pas réel. Je trouvais que c'était bien pour la guérison de celui à qui l'on pardonne, et peut-être même plus encore pour celui qui a pardonné sans rien exiger. Mais je n'en suis plus aussi certaine… Est-ce parce que je suis concernée ? Et que je ne peux pardonner que tant que je ne suis pas menacée ? C'est assez lamentable… En fait, c'est de la complète hypocrisie, se désola Celia, soudain au bord des larmes. Il est… il est si facile de faire passer cela pour quelque chose de noble… Mais je ne sais pas quelle est la vraie réponse.

Indirectement, elle demandait à Hooper de lui en proposer au moins une. Et il ne le pouvait pas. Ce n'était pas le moment de jouer aux devinettes. Il referma sa main sur la sienne et sentit ses doigts s'entrelacer aux siens.

CINQUIÈME PARTIE

Après le départ de Hooper, Roberson demeura assis au coin du feu en repensant à leur conversation. Il était triste, et il se concentra sur ce sentiment, car celui qui se cachait derrière était bien pire. Désormais, il se l'avouait : il avait peur pour Clementine. Il n'avait aucun doute sur le fait que l'optimisme, les rires et la gentillesse de la jeune femme apaiseraient la douleur qui fermait le cœur de Marlowe à double tour. Mais combien de temps faudrait-il à ce dernier pour apprendre à lui faire confiance ? Et si cela en prenait trop, jusqu'à quand le supporterait-elle ? Que se passerait-il si Marlowe doutait d'elle et qu'elle doive faire face seule à sa défiance ?

Roberson ne laisserait personne faire du mal à Clementine, cependant comment le saurait-il si c'était le cas ? Elle ne viendrait pas se confier à lui, il en était certain, ni à personne d'autre. Il installa le pare-feu devant l'âtre et alla dans le vestibule.

Après avoir mis son manteau le plus chaud, ainsi que son chapeau et son écharpe, il sortit ses gants de sa poche, puis il partit voir Marlowe en luttant contre le vent qui soufflait de l'est, de plus en plus glacial.

Il savait des tas de choses sur Seth Marlowe dont il n'avait pas parlé à Celia Hooper. En réalité, après vingt-cinq années passées dans ce village, où il avait été nommé pasteur au début de sa carrière, il avait eu connaissance de bien davantage de secrets, d'espoirs et de peurs, de fausses et de vraies culpabilités qu'il ne tenait à s'en rappeler. Ce qui, ajouté à ses propres doutes, était le plus lourd des fardeaux à porter.

Au début, à l'époque où Una et lui venaient de se marier, tout avait été plus simple. Elle avait partagé de multiples choses avec lui. Repenser à la tendresse qu'elle lui avait témoignée lui brisait le cœur. Et ensuite, elle était tombée malade. Sur le moment, ça n'avait pas semblé grave : une simple grippe qui durait plus longtemps que les précédentes. Cependant, elle s'était fatiguée de plus en plus facilement. Il y avait eu des fièvres, des refroidissements, de la lassitude, et enfin la certitude que son état n'allait pas s'améliorer. Mais il avait pris sur lui pour l'accepter. À quoi bon croire en un Dieu miséricordieux s'Il ne voulait pas, ou ne pouvait pas, guérir Una ?

Avait-il prié avec suffisamment d'humilité ? Dans ses moments sombres, il se disait que, s'il avait été meilleur, plus ferme dans sa foi, Una aurait survécu. Il aurait été prêt à donner n'importe quoi pour être débarrassé de ce sentiment de culpabilité. La seule chose en son pouvoir consistait à implorer le pardon pour autrui, et à en bénéficier lui aussi.

Arrivé devant chez Marlowe, il frappa à la porte. Celle-ci s'ouvrit presque immédiatement sur Seth dont la silhouette se découpa dans la magnifique entrée. Quand il vit le pasteur, son visage grave se détendit.

— Entrez, Arthur ! dit-il en reculant pour le laisser passer.

Roberson le suivit dans le vestibule austère, puis dans le salon meublé dans un style masculin de fauteuils en cuir marron et de tapis persans aux teintes sombres. De rares photos étaient disposées sur le manteau de la cheminée, et aucune n'était personnelle. Un bureau en bois ciré était placé contre un mur. Les rayonnages de la bibliothèque étaient remplis, et il y avait même quelques livres empilés sur une table en acajou. Cette pièce était le refuge d'un homme sérieux. Roberson n'imaginait pas Clementine s'y sentir à son aise. Mais peut-être ne la connaissait-il pas aussi bien qu'il le pensait. C'était un sentiment qu'il devait apprendre à discipliner. Clementine allait épouser Marlowe. C'était déjà décidé.

Il prit place dans le fauteuil que lui indiqua Marlowe, lequel s'assit à son tour en croisant une jambe sur l'autre. Dans cette pièce, il paraissait détendu et maître de lui sans effort. Un grand feu flambait dans la belle cheminée de style néoclassique.

— Que puis-je faire pour vous, Arthur ? Visiblement, quelque chose vous contrarie.

Roberson avait horreur de la confrontation. Il considérait son rôle comme celui d'un pacificateur, pas d'un guerrier. Cependant, pour le bien de Clementine, il ne pouvait pas esquiver.

— Seth, j'ai appris que vous aviez reçu une lettre très désagréable… et anonyme, bien entendu. Les gens qui écrivent ce genre de missives n'ont jamais le courage de les signer de leur nom.

En voyant le regard de Marlowe se durcir et son visage se crisper, il se tut.

— Cette histoire ne vous regarde en rien ! dit Marlowe, la colère perceptible dans le ton de sa voix. Je n'ai pas souhaité vous importuner avec ça et je ne le souhaite toujours pas.

— Je crains que vous n'ayez plus le choix…

— Bien sûr que si !

— Vous ne l'avez plus depuis que vous avez décidé d'accuser Celia Hooper d'avoir écrit cette lettre.

Marlowe fronça les sourcils.

— Êtes-vous certain que ce n'est pas elle ? Pourquoi vous en a-t-elle parlé ? S'attend-elle à ce que vous vous battiez pour laver son nom ? Ce ne sera pas nécessaire, je vous l'assure… Je n'en ai parlé à personne. Mais si elle en envoie à d'autres gens, ils ne seront peut-être pas aussi indulgents !

— Si c'est le cas, nous nous en occuperons.

Roberson était parfaitement immobile, mais il se sentait mal à l'aise et se tenait assis tout raide dans le fauteuil. Maintenant qu'il avait commencé, il en voulait à Marlowe d'avoir lancé cette attaque contre Celia.

— Vous avez accusé Mrs. Hooper, qui en a évidemment fait part à son mari, dans la mesure où toute accusation mettant en cause sa réputation l'affecterait lui aussi.

— Saviez-vous que cette femme avait menti ? Et alors qu'elle était sous serment ! Ce qui, en plus d'être une offense envers Dieu, est un parjure selon la loi, dit Marlowe, le regard brillant.

Un bref instant, Roberson faillit rétorquer que cette histoire ne le regardait pas, puis il se ravisa et opta pour une réponse plus avisée.

— Oui, je sais. La justice ne lui en a pas tenu rigueur. Contrairement à ce que vous semblez faire. Bien qu'elle se soit repentie et excusée, vous l'accusez, vous la déclarez coupable sans même l'avoir entendue et vous la condamnez. Qu'avez-vous fait du repentir et du pardon que vous approuviez si fort dimanche dernier ?

Marlowe vira au rouge écarlate.

— C'est une femme butée et rebelle aux lois du Seigneur, une semeuse de troubles ! Je ne la laisserai pas empoisonner l'esprit de Clementine avec ses idées !

— Quelles idées ? demanda doucement Roberson, bien qu'il ressentît un mélange de colère et de détresse. Vous croyez vraiment qu'elle vous a écrit cette lettre ?

— C'est l'écriture d'une femme !

— Et elle a été postée ici ?

— Oui, je pense... Je n'en sais rien. Je l'ai trouvée dans ma boîte aux lettres, c'est donc qu'elle connaissait mon adresse. Et elle a été écrite par quelqu'un qui me connaît assez pour savoir quels mensonges inventer de manière à me faire le maximum de mal... et qui monteraient Clementine contre moi. Des choses épouvantables !

Son visage avait perdu toutes ses couleurs, il tremblait. Même les jointures de ses mains croisées sur ses genoux avaient blêmi.

Roberson ressentit un élan de pitié. Seth avait déjà souffert d'avoir perdu son épouse, qui s'était donné elle-même la mort. Quant aux péchés de sa fille, ils représentaient à ses yeux une disgrâce encore pire que la mort. Maintenant, connaître enfin le bonheur avec une belle jeune femme, peut-être même avoir des enfants, était à sa portée. Pas étonnant qu'il soit en proie à une telle peur !

Cependant, Celia Hooper n'y était pour rien. Roberson la croyait sur parole. Et elle aussi avait dû attendre longtemps avant de connaître le bonheur. Par ailleurs, il savait que John Hooper ne laisserait pas diffamer sa femme en restant là à ne rien faire. Si Seth s'en prenait à Celia, il le paierait au prix fort.

Marlowe attendait, l'air de plus en plus furieux et effrayé.

— Vous ne savez pas si c'est Celia, reprit Roberson, sur un ton cette fois plus insistant. Vous le croyez uniquement parce que vous avez peur qu'elle n'influence Clementine. Mais si vous l'accusez, ne serait-ce que de façon indirecte, vous devrez exposer les faits au grand jour. Le contenu de cette lettre, quel qu'il soit, sera rendu public. Est-ce ce que vous voulez ?

— Elle n'osera pas, répondit Marlowe en agrippant les bras de son fauteuil. On la forcerait à porter plainte, et son mari perdrait son poste à la police fluviale. Et comment l'empêcherait-on d'être jugé et pendu pour le rôle qu'il a joué dans la mutinerie sur le *Mary Grace* ? demanda-t-il en se redressant. Et même s'il n'est pas pendu, ils perdront le toit qu'ils ont au-dessus de la tête, ainsi que tout le reste ! Dès lors, qu'en sera-t-il de sa réputation ? conclut-il avec un léger sourire.

— Meilleure que la vôtre, Seth, dit sèchement Roberson. Et Clementine aurait beau rester loyale envers vous, vous l'aurez profondément blessée. C'est ce que vous voulez ?

Marlowe hésita avant de répondre :

— Celia Hooper n'a pas une bonne influence sur Clementine. Vous ne pouvez pas le nier.

— Peut-être que Clementine en aurait une bonne sur Celia, fit valoir le pasteur.

— Clementine est jeune, seule et vulnérable. Je me dois de la protéger.

Était-ce vrai ? Roberson songea à tout ce qu'il savait au sujet de la jeune femme. Des images du passé lui revinrent en mémoire : Clementine, le visage tourné vers le soleil, souriant à la chaleur et à la lumière… Clementine découvrant la première primevère du printemps, ou s'amusant de voir des agneaux gambader dans les prés, âgés de seulement quelques jours et déjà si sûrs sur leurs pattes… Clementine prenant un enfant dans ses bras et lui murmurant à l'oreille, ou riant de bon cœur à une plaisanterie osée, puis se moquant du fait qu'il soit si lent à reconnaître que lui aussi la trouvait drôle. Et si Seth la persuadait de ne plus voir ses amies, il n'accepterait probablement pas qu'elle continue à avoir de l'amitié pour lui, ce qui le peinait davantage qu'il ne s'y serait attendu.

Non, il n'était pas tout à fait honnête, car la vérité revêtait une douleur singulière. Une fois que Clementine serait mariée avec Seth Marlowe, il continuerait à posséder tous ces instants restés si vivaces et si doux dans sa mémoire. Néanmoins, ils ne seraient que cela : des souvenirs qui vieilliraient comme des fleurs pressées entre les pages d'un livre, magnifiques mais inertes. C'était curieux comme les fleurs pressées, si on savait s'y prendre, conservaient leur couleur même au bout de longues années.

La vérité était qu'il aimait Clementine. Il avait pensé être trop vieux pour elle, trop guindé, et il n'avait pas voulu perdre l'amitié qu'ils partageaient en lui demandant quelque chose de plus. Pourtant, il avait le même âge que Seth, et lorsque celui-ci lui avait fait sa demande en mariage, elle avait accepté. Si lui-même l'aimait réellement, il devait lui souhaiter tout le bonheur du monde, quand bien même ce serait avec Seth Marlowe.

Ce dernier parlait depuis un moment sans que Roberson lui prête attention. La chose arrivait assez souvent. Il le reconnaissait, Seth l'ennuyait.

— Je suis convaincu qu'elle gagnera le respect des autres femmes de la paroisse, était en train de dire Marlowe.

— Quelle triste perspective ! rétorqua le pasteur avec une franchise inhabituelle.

— Je vous demande pardon ? fit Marlowe en fronçant les sourcils.

Roberson s'apprêtait à reformuler sa phrase de façon plus charitable, mais il changea tout à coup d'avis et dit clairement ce qu'il pensait.

— Clementine est jeune, elle a tout juste trente ans. Gagner le respect de dames collet monté d'un certain âge n'a rien de très réjouissant. Elles n'aiment pas les mêmes choses, ne s'intéressent pas aux mêmes choses et ne rient pas des mêmes choses… À dire vrai, autant que j'ai pu le constater, la plupart d'entre elles ne rient jamais !

— L'église n'est pas le lieu du rire et de la légèreté, Arthur, vous le savez aussi bien que moi ! La dernière chose que vous voudriez serait de voir quelqu'un pouffer dans la chapelle… Ce serait un affront au Seigneur !

Sans qu'il puisse l'expliquer, Roberson perdit son sang-froid.

— Ne soyez pas aussi stupide, Seth ! Aux oreilles de Dieu, le rire des enfants est de la musique !

— Nous ne sommes pas des enfants.

— Si. C'est ce que nous sommes sous nos habits sombres que nous portons comme une armure, et pour dissimuler le fait que nous sommes tous semblables et tous différents, à la fois nobles et absurdes, et toujours vulnérables.

Marlowe se leva brusquement.

— Vous êtes fatigué, Arthur… et vous vous égarez quelque peu. Toute cette histoire vous aura bouleversé. Je vous ferai la faveur d'oublier cette malheureuse conversation.

Roberson se leva à son tour.

— Je ne doute pas que vous le ferez, non pas pour le confort de mon esprit mais pour le vôtre…

Il savait que ce qu'il allait ajouter était cruel, en partie parce que c'était la vérité.

— Vous feriez pourtant mieux de vous en souvenir. Clementine est jeune, et elle est très aimée, non seulement par les femmes qui ont oublié comment rire parce que la vie les a sans doute déçues, mais par les plus âgées qui ne se soucient plus de l'opinion des autres, uniquement de ce qui est important à leurs yeux, et qui n'en ont plus pour longtemps pour en profiter et rendre grâce. Et elle l'est aussi par les plus jeunes, qui voient la joie et la nouveauté de la vie, et de l'espoir en tout.

— Avez-vous bu ? demanda Marlowe en fronçant les sourcils.

Et soudain, il fut pris d'une inspiration.

— Vous l'aimez vous aussi ! s'exclama-t-il avec une sorte de défi dans la voix.

Roberson sentit le rouge lui monter au visage, si fort que nier eût été inutile.

Marlowe le regarda droit dans les yeux.

— Alors je préfère vous prévenir : Clementine a accepté ma demande en mariage, et vous êtes aux portes mêmes du péché si vous entretenez l'idée de l'influencer contre moi à vos propres fins… tout en faisant croire que vous agissez dans son intérêt !

Sur ces mots, il se précipita vers la porte d'entrée qu'il ouvrit en grand et fit signe à Roberson de s'en aller.

Le lendemain, comme son service était plus léger, Hooper se mit en route dans l'intention de découvrir ce qu'il pourrait sur le passé de Seth Marlowe, sur ces années qui avaient précédé son installation dans la même paroisse que Celia. Trouver des informations dans les archives paroissiales se révéla assez simple. Il fut étonné de constater que son arrivée ne remontait pas à plus de quatre ans – précisément, à trois ans et dix mois.

Après avoir traversé la Tamise pour se rendre à la paroisse en question, l'église Saint-Stephen, il mit un certain temps à trouver le révérend Soames, lequel se souvenait très bien de Seth Marlowe.

Le pasteur, qui était en train de rédiger son sermon du dimanche, sembla ravi d'avoir un prétexte de remettre cette tâche à plus tard. Très grand, avec une belle moustache quasi blanche, il portait sa soutane noire avec l'aplomb d'une douairière arborant ses plus beaux atours. Il l'invita à venir s'asseoir devant la cheminée.

— Que puis-je pour vous, Mr. Hooper ? demanda Soames en traversant le vaste salon du presbytère où flambait un grand feu.

Des décorations de Noël, des guirlandes de papier coloré et des bougies de cire rouge étaient déjà disposées dans la pièce. Le révérend intercepta le regard de son visiteur.

— Ah, oui ! c'est pour nos petits-enfants ! Et puis ma femme aime bien les décorations… Ça la change un peu de la routine du ménage et de décider quoi faire à manger ! expliqua-t-il avec un sourire affable. Que voulez-vous savoir à propos de Mr. Marlowe ? Il est resté ici pendant deux ou trois ans… J'espère qu'il n'est pas mal en point ?

— Je crois qu'il est en excellente santé, répondit Hooper en observant le visage de Soames que, pour l'instant, il ne parvenait pas à déchiffrer.

Le pasteur avait beau sembler aimable et jovial, sa main crispée sur son genou agrippait le tissu de sa soutane avec nervosité.

— Alors, en quoi puis-je vous aider ?

Bien qu'il ne paraisse plus aussi détendu, le sourire du révérend s'élargit quelque peu.

— D'où avez-vous dit que vous veniez, Mr. Hooper ?

— J'appartiens à la paroisse où vit désormais Mr. Marlowe.

Pour l'heure, Hooper ne souhaitait pas parler de la police fluviale de la Tamise, que cette histoire, a priori, ne concernait en rien. Les lettres de menace anonymes ne relevaient pas de son domaine de compétence.

— Et qu'est-ce qui vous inquiète au sujet de Mr. Marlowe ? questionna Soames, d'un ton cette fois un peu plus agressif, bien qu'il continuât à sourire.

— Il a reçu une lettre assez déplaisante… et anonyme, bien sûr. C'est en général le cas de ce genre de lettres. Et même si ce n'est rien de très grave, c'est très désagréable.

— Seth Marlowe vous a-t-il chargé de vous renseigner pour lui ?

Soames, désormais ouvertement méfiant, pivota sur son siège et regarda son interlocuteur en face.

— Non, répondit Hooper, qui avait décidé d'être le plus sincère possible. Mais il a impliqué ma femme en l'accusant de l'avoir écrite.

Bien qu'il n'en ait pas eu l'intention, la colère brouilla sa voix.

— Oh, mon Dieu…

Le révérend paraissait déstabilisé. Il ne s'était manifestement pas attendu à cette réponse.

— Je suis désolé…

Il inspira un grand coup, prit une décision, puis expira.

— Naturellement, votre femme est innocente, et affligée par tout cela. J'en suis sincèrement navré… Vous voulez savoir s'il pourrait s'agir de quelqu'un qui fait partie du passé de Marlowe, ici à Saint-Stephen ?

— Oui. Nous devons mettre un terme à cette histoire. Plus elle durera, plus des personnes innocentes en seront meurtries. Ce qui, je suppose, est le but de telles lettres. Éveiller des soupçons chez tout un chacun.

— En effet.

Apparemment, Soames était sensible aux dangers que présentait la situation. Hooper eut pourtant la nette impression qu'il n'était pas entièrement mécontent.

— Qu'est-ce qui vous laisse penser qu'il pourrait s'agir de quelqu'un de Saint-Stephen, et non d'une de ses relations actuelles qu'il aurait... malmenée ?

— Marlowe malmène les gens ? interrogea Hooper avec autant d'innocence qu'il le put.

— Disons qu'il est enclin à se montrer quelque peu... critique, répondit le révérend en prenant le temps de choisir ses mots. Et il n'était pas toujours aussi discret qu'il l'aurait pu dans ses opinions. J'imagine que certaines personnes auraient été enchantées de le prendre en défaut !

Il esquissa un sourire, qui aussitôt s'effaça.

Hooper fit semblant de ne pas l'avoir remarqué.

— Sur quel genre de choses aurait-on pu le prendre en défaut ? demanda-t-il avec un air vaguement curieux.

— Malheureusement, je l'ignore ! répondit Soames en haussant ses larges épaules. Ce n'est pas très chrétien de ma part, mais j'aurais bien aimé le savoir...

Hooper sourit.

— J'apprécie la franchise, dit-il. Vous n'auriez pas une idée ?

Le révérend exhala un long soupir.

— Si sa femme avait autant de défauts que l'affirme Marlowe, on ne peut que s'en désoler pour lui. Il a dû être un saint, pour la supporter !

— Quels étaient ses défauts ?

Hooper s'en voulait de poser la question. Il n'avait jamais rencontré la pauvre femme, néanmoins il ressentait pour elle une certaine pitié. Relever les défauts de quelqu'un sans aller chercher plus loin était facile. Quand une personne y croyait, tôt ou tard, ça devenait vrai.

Soames soupira.

— Oh ! de toutes sortes… Elle était rétive, désobéissante, immodeste, elle riait trop fort, et à ce qu'il ne fallait pas, elle s'habillait mal, se montrait volontiers querelleuse, et elle mentait, en particulier à son mari. Mais surtout, c'était une mauvaise mère. Le répéter me déplaît, cependant c'est ainsi que la voyait Seth Marlowe. Je présume que c'est ce que vous voulez savoir.

— D'autres que lui la voyaient-ils ainsi ?

— Vous n'avez qu'à interroger mon épouse, si vous voulez. Elle n'a pas connu Rose Marlowe, étant donné que la malheureuse est morte avant que son mari vienne s'installer ici, mais je crois qu'elle connaissait une ou deux personnes de son entourage.

— C'est très aimable à vous, dit Hooper. Il ne faut pas qu'il y ait d'lettres. Elles pourraient provoquer de graves dommages. Et Marlowe est fiancé et va bientôt se remarier. Avec une amie de mon épouse, une jeune femme très sympathique.

Soames parut étonné.

— Vraiment ? Je me demande si ce pourrait être une de ses anciennes admiratrices… Quel âge a-t-elle ? Marlowe doit avoir la cinquantaine passée !

Soudain, Hooper eut la vision du doux visage d'Arthur Roberson ravagé par le chagrin, et par quelque chose de plus profond. De la colère ? De la jalousie ? Il se concentra sur l'instant présent.

— J'ignore son âge exact, et je ne crois pas qu'elle connaissait Marlowe avant qu'il vienne vivre dans notre village. Je poserai la question à ma femme. Elle connaît Clementine depuis plus longtemps que moi. Je…

Il faillit parler de Roberson, mais il jugea préférable de s'en abstenir. Le révérend aurait très bien pu le connaître.

— Je vous remercie, conclut Hooper.

Mrs. Soames se révéla être une femme réservée et assez laide, mais à l'esprit vif et au regard bienveillant. Elle avait une chevelure d'une beauté extraordinaire : une masse de cheveux châtain clair qui retombaient en vagues souples en s'échappant des épingles piquées un peu partout censées les retenir.

— C'est vrai, Seth Marlowe va se remarier ? s'exclama-t-elle d'un air affolé.

Hooper s'efforça de demeurer impassible, sans être certain d'y parvenir.

— Oui, ses amis espèrent que ce mariage lui apportera un peu de bonheur et apaisera le chagrin qu'il semble porter en permanence sur ses épaules.

— Voilà qui est bien dit, Mr. Hooper ! répondit-elle avec entrain. Il ne le porte pas comme un fantôme qui le hante, ainsi que tant de gens l'ont dit, mais comme une cape qu'il enfile à dessein.

Elle pencha la tête en le regardant avec plus d'attention, puis ajouta :

— On porte une cape pour cacher quelque chose en dessous, ou pour se protéger du froid et de la pluie. Ou les deux. À quoi pensiez-vous ?

Hooper fut décontenancé. Il ne s'était pas attendu à ce genre de remarque, ni à un tel franc-parler. Il lui fallut une seconde avant de décider quoi répondre.

— Je pense qu'il redoute plus une menace venant de l'extérieur, Mrs. Soames. Mais je ne le connais pas. Je fonde mon jugement sur ce que d'autres personnes ont dit. Principalement ma femme, qui le connaît depuis plusieurs années, quoique pas vraiment. Juste en tant que membre de la paroisse.

Il vit passer une lueur amusée dans les yeux de Mrs. Soames.

— Et connaissez-vous quelqu'un qui le connaît autrement ? demanda-t-elle.

La question recouvrait une quantité de sens possibles.

— Le pasteur a été marié à sa sœur. J'imagine qu'il connaît Marlowe aussi bien que possible, répondit-il avec une sincérité qui capta l'attention de son interlocutrice.

— Vous avez employé le passé. Sa sœur n'est-elle plus… de ce monde ?

Cette fois, une ombre passa sur le visage de Mrs. Soames, comme si lui revenait le souvenir d'un événement dramatique qui restait douloureux.

Hooper n'avait pas l'intention de rester dans le vague.

— La femme du pasteur ? Non, elle est morte il y a quelques années.

Pour la première fois, Mrs. Soames hésita.

— De… de quelle façon, si je puis me permettre ? Enfin, si ce n'est pas confidentiel… Je ne voudrais pas paraître intrusive.

Il se demanda quelle offense elle craignait de commettre. Qu'avait-il réveillé en elle ? La mort d'Una avait-elle été autre chose que ce qu'il supposait ? Imaginer Arthur Roberson se livrer à une quelconque violence ou duperie lui était impossible. Au contraire, le pasteur était trop honnête. Il semblait être la vulnérabilité incarnée, le genre d'homme qui devait avoir une foi dévorante pour s'armer contre la brutalité et la noirceur du monde, y compris les petits drames propres à la vie de tout village, les péchés véniels de méchanceté ou d'indifférence, le désir de dominer les autres et de toujours se protéger soi-même, les ombres rampantes de l'égoïsme qui existent partout où il y a des êtres humains.

Mais la question était trop importante pour être dissimulée par les petits mensonges de politesse qui permettent à la société de fonctionner sans heurts. C'était un confort qui se payait parfois trop cher. Comment fallait-il la formuler ?

— Si vous rencontriez Clementine, la jeune femme qui va épouser Marlowe, je crois qu'elle vous plairait, et que vous voudriez lui éviter de commettre une erreur qui serait irréparable. Quant à Celia, mon épouse, je suis certain que vous l'aimeriez elle aussi. Elle est très courageuse et, pour être franc, beaucoup trop perspicace au goût de certains. Vous comprendriez alors pourquoi elle a peur pour Clementine si celle-ci épousait Marlowe.

Un sourire lumineux éclaira le visage de Mrs. Soames.

— Je serais en effet ravie de rencontrer votre femme. Nous sommes trop peu nombreux à avoir plus peur d'un mensonge que de la vérité ! Oui, il y a chez Seth Marlowe une noirceur qu'il recouvre d'une sorte de cape, et qui est à la fois à l'intérieur et à l'extérieur de lui, qui le suit à chaque pas. Je n'ai aucune raison de supposer que sa sœur, l'épouse du pasteur, est morte d'autre chose que de maladie, la pauvre… En revanche, Rose, sa première femme, est morte dans des circonstances beaucoup plus obscures, dit-elle en fronçant les sourcils.

— Elle s'est noyée dans le fleuve ?

Hooper avait repêché tant de corps dans les eaux sales et tumultueuses de la Tamise que des images lui revinrent immédiatement à l'esprit. Lorsqu'un bateau coulait – Dieu merci, ce n'était pas fréquent –, en général, tout l'équipage était perdu. Le fleuve était rapide, plein de courants tourbillonnants et de contre-courants. Une femme en longue jupe était comme quelqu'un à qui on aurait ligoté les jambes. Une fois le tissu gorgé d'eau, elle se retrouvait réduite à l'impuissance. Et surtout, l'eau était si polluée qu'elle empoisonnait autant de personnes qu'elle en noyait.

— Non, répondit Mrs. Soames en secouant très légèrement la tête.

Un geste si subtil que, si Hooper ne l'avait pas observée avec attention, il lui aurait échappé.

— Elle s'est noyée dans la mer, dit-elle.

— Dans la mer ? Se trouvait-elle à bord d'un bateau qui a sombré ? En quoi est-ce pire de mourir ainsi ? Ne niez pas, je vous en prie, votre visage vous trahit.

C'était là une remarque très personnelle, néanmoins la présence de cette femme était trop intense pour autoriser les mensonges. Sous-entendait-elle autre chose ? Quelque chose de plus terrible qu'un simple drame ? Il ne savait pas comment terminer sa question.

— Non, dit Mrs. Soames avant qu'il ait pu se décider. Elle était toute seule… dans l'eau.

Elle soutint son regard, comme si elle voulait qu'il tire sa propre conclusion.

— Est-ce tout ce que vous savez ?

— Oui. Et que ça s'est passé dans une ville en bord de mer, sur la côte sud. J'ignore laquelle, mais ça ne change rien. Ce n'est pas un port, c'est une plage où des gens se promènent, et où certains se baignent, mais le drame est arrivé en fin de journée, à l'heure du crépuscule, à un moment où l'endroit était désert.

Elle l'observa, comme si elle guettait sa réaction. Hooper s'en rendit compte.

Il réfléchit quelques secondes avant de demander :

— Quelle a été la conclusion des autorités ?

— La chose la plus aimable qui a pu se dire a été qu'il s'agissait d'un accident, étant donné que la pauvre n'avait plus tous ses esprits, répondit Mrs. Soames. Et la moins aimable, que quelqu'un l'avait tuée de façon délibérée. Il est possible qu'on l'ait menacée et qu'elle n'ait pu faire autrement que se réfugier dans l'eau, en avançant assez loin pour que la marée l'emporte et que…

— Était-ce la marée descendante ?

— Oui, se contenta-t-elle de répondre, son visage exprimant une profonde tristesse.

— Est-ce à cette version que vous croyez ? insista Hooper.

— Je n'ai aucune raison d'en douter. Vous trouverez aisément ce qu'a dit la police. Je pense qu'elle a conclu à un suicide, du moins est-ce ainsi qu'elle l'a qualifié. Et c'est ce que le médecin légiste a dû inscrire dans son rapport. Par conséquent…

Elle s'interrompit.

Hooper tenait à ce qu'elle le formule à haute voix, afin de ne pas se demander par la suite s'il ne lui avait pas mis les mots lui-même dans la bouche.

— Par conséquent, elle n'a pas eu un enterrement chrétien, reprit Mrs. Soames. Le suicide est un péché dont on ne peut se repentir… On n'en a pas le temps.

Sa voix exprimait de la pitié, mais aussi une réelle colère.

Hooper se demanda si elle-même avait connu une tragédie semblable au cours de sa vie et en éprouvait encore de la douleur. Toutefois, c'était un jugement avec lequel il ne pouvait pas être d'accord. Notamment parce que ceux qui le portaient n'avaient aucune idée de la souffrance et du désespoir de la vie de certaines personnes. Même dans les meilleures circonstances, comment pouvait-on juger la douleur des autres ? Et qui aurait l'impitoyable arrogance de vouloir le faire ?

— S'il y a une éternité, il ne reste rien de tout ça, répondit-il. Je ne sais pas s'il existe ou non un Dieu. J'aimerais le croire… et qu'Il a plus de compassion que d'aucuns le décrivent. Savons-nous seulement si c'est vrai, si cette femme s'est suicidée ? Quand on veut juger quelqu'un, il faut chercher le pourquoi.

Non sans effort, Hooper en resta là. Bien qu'il n'ait pas connu Rose Marlowe, il l'imaginait en proie à un malheur comme il en avait vu chez des gens très pauvres, affamés et malades, qui parfois n'avaient pas de domicile, ou qui vivaient à dix dans une seule pièce. Il en avait été sidéré, et avait brûlé d'envie de leur venir en aide, sans pour autant pouvoir le faire. De temps en temps, il désirait s'éloigner de ces situations terribles, aller n'importe où pour ne plus les voir.

Or, c'était une des choses que Celia lui avait offertes, un lieu de paix où il trouvait de la douceur, la force de l'espoir, une force qu'elle possédait au fond d'elle et qu'aucune douleur extérieure ne pouvait détruire. Il ne comprenait pas ni ne cherchait à comprendre ; le fait que cela existe lui suffisait.

Et Clementine ? Quelque chose de semblable risquait-il de lui arriver ? Rose Marlowe avait-elle été autrefois une jeune femme débordante d'espoir ?

— On n'en sait rien, finit par dire Hooper à haute voix. Et Flavia, la fille, qu'est-elle devenue ?

Mrs. Soames baissa les yeux, le visage rempli de désolation.

— Je ne sais pas. J'ai entendu certaines choses, mais j'ignore si elles sont vraies… Allez-vous vous mettre à sa recherche ? Si vous la retrouvez, vous me préviendrez ?

Hooper réfléchit un instant. C'était pire qu'il ne l'avait escompté. Diverses pensées le traversèrent concernant Marlowe et son passé, et ce qui était arrivé à Rose, ainsi qu'à sa fille. Rose s'était-elle attiré de plus graves ennuis que ne l'avait su son mari ? Ou que ce qu'il avait choisi de croire ? En tout cas, il n'en avait parlé à personne, ou alors à Roberson, qui ne pourrait jamais rien répéter. D'où venait la compassion apparemment infinie qu'affichait le pasteur à son égard ? Avait-il connaissance de choses dont Marlowe ne pouvait parler, encore moins partager ?

Par ailleurs, la compassion de Clementine était-elle bien placée ? Le don de l'espoir, et peut-être de connaître le bonheur au fil du temps, c'était important. Serait-ce suffisant pour guérir l'avenir fragile d'un homme qui avait déjà profondément souffert, et d'une façon qu'il était dans l'incapacité de partager, sinon avec les rares personnes dont il était sûr que jamais elles ne le répéteraient ?

Hooper sentit peser sur lui le poids de la décision, sombre et accablant. Et s'il se trompait, s'il allait trop vite en n'écoutant que la colère que lui inspirait cet homme parce qu'il avait menacé Celia ? Avait-il peur que Clementine, à laquelle Celia tenait tellement, ne finisse un jour comme la première femme de Marlowe ? Lorsque plus personne ne serait capable de lui venir en aide ?

— Je n'y manquerai pas, promit Hooper à Mrs. Soames. Je vous remercie de votre aide et de votre confiance.

Elle lui sourit, avec une extrême gravité. Puis elle le raccompagna dans l'entrée et lui tendit la main.

— Soyez prudent, dit-elle tout bas. C'est une très vilaine affaire. Qui comporte plus de cruauté que vous et moi n'en connaissons, même s'il est facile de deviner que…

L'expression de son visage reflétait son chagrin.

— … que Rose Marlowe a été poussée au-delà de ce qu'elle était en mesure de supporter. Je sais seulement une ou deux choses, et le reste demeure obscur, mais de cela, je suis sûre.

— Je commence à le comprendre. Encore merci, Mrs. Soames.

Hooper lui serra chaleureusement la main avant de s'en aller.

Ce soir-là, après avoir terminé son service de la journée, il se rendit au commissariat de police de Wapping, au bord de la Tamise. Il espérait que William Monk, le commandant de la police fluviale, serait encore à son bureau. En tant que son bras droit, il le connaissait bien. Ils s'étaient épaulés au cours de multiples enquêtes, qui s'étaient soldées par des réussites ou des désastres, sans qu'aucun d'eux ait jamais eu à reprocher à l'autre la moindre défaillance. Ils avaient travaillé côte à côte avec d'autres hommes, et ils en avaient perdu certains à l'occasion d'affaires dramatiques qui avaient encore le pouvoir de leur faire profondément mal.

Hooper traversa le quai sombre, puis se dirigea vers le bâtiment. À cette période de l'année, le jour tombait si tôt que, à cinq heures, on se serait cru au milieu de la nuit. Il entendait l'eau clapoter sur les marches et autour des piliers de bois. Le brouillard ne laissait deviner que les lumières des plus proches bateaux au mouillage. Mais bien que ce soit un soir à être chez soi, Monk serait probablement encore là. L'air était si froid qu'il vous coupait le souffle.

Dès que Hooper poussa la porte, la chaleur du gros poêle en fer allumé au fond de la pièce l'enveloppa. Deux hommes étaient en train d'écrire à leur bureau. Il jeta un regard vers la porte de Monk. L'un des policiers lui fit signe qu'il pouvait aller le voir. Hooper frappa et, à la seconde où il y fut invité, il entra.

Monk était assis derrière son bureau, sur lequel il n'y avait presque aucun papier. Son visage était aussi alerte que d'habitude, avec son regard gris assuré, mais il avait l'air fatigué.

— Que se passe-t-il, Hooper ?

Il savait pertinemment que celui-ci ne serait pas venu le déranger à une heure aussi tardive sans une bonne raison.

Hooper lança un coup d'œil sur la chaise face au bureau.

Monk l'invita à s'asseoir.

À peine installé, Hooper lui parla de Clementine. Monk connaissait Celia, et il l'admirait beaucoup, ce qui faisait extrêmement plaisir à Hooper. Gagner le respect de Monk n'était pas facile, aussi était-il d'autant plus précieux. C'était un homme qui avait une longue et sombre histoire, et pour qui la peur était une compagne plus que familière : il avait marché à ses côtés pendant des années. La peur qui l'habitait n'était pas celle du combat, ni même celle de l'échec, lesquelles étaient terribles, mais la peur de son passé inconnu, cette peur intérieure de la mémoire et de tout ce qu'elle pouvait contenir, qui s'effaçait de l'esprit comme par accident. Ce qui se tapissait là, avec inquiétude, attendait la vision qui finirait par déverrouiller la mémoire.

La femme de Monk, Hester, avant la rencontre des deux hommes, était partie en Crimée comme infirmière avec Florence Nightingale, pendant cette guerre aussi catastrophique qu'inutile. Elle était directe à l'excès, courageuse, vulnérable dans ses espoirs et ses convictions et, lorsque Hooper avait fini par mieux la connaître, il avait trouvé en elle une amitié généreuse. Tout en pensant à Hester, et à ses observations souvent aussi acerbes que pragmatiques, il fit part à Monk des peurs qu'il avait concernant Celia et son implication auprès de Clementine.

— Rien de ce que j'ai appris n'a apaisé ces peurs, dit-il. J'ai peur que Clementine ne soit une idéaliste. Elle est si déterminée à apporter le bonheur qui a été refusé à Marlowe jusqu'à présent qu'elle ne conçoit pas qu'il puisse avoir un passé plus sombre que ce qu'il lui a raconté… ou que ce qu'elle a imaginé.

— Qu'il ait tué Rose ?

Comme toujours, Monk allait droit au but. C'était dans son caractère de toujours envisager le pire plutôt que de se voiler la face.

Hooper, qui avait lui-même pensé à cette hypothèse, répondit sans détour.

— C'est ce qu'il faut que je sache. Marlowe a menacé Celia à cause de cette lettre anonyme. Et il va de soi que ce n'est pas elle qui l'a écrite, néanmoins c'est ce qu'il croit.

— Ou il utilise ça comme une arme pour qu'elle ne se mêle pas de ses affaires, suggéra Monk. On mentionne une lettre malveillante, on ajoute quelques détails et, si quelqu'un déteste Celia ou est jaloux d'elle, le feu est prêt à prendre.

— Jaloux ?

Monk esquissa un sourire.

— Celia est une femme courageuse et honnête, Hooper. Elle ne croit pas aux mensonges commodes, et elle est très perspicace. Elle regarde les choses en face. Les gens voient ce qu'elle pense. Ce qui ne saurait plaire à tout le monde.

Hooper se rendit compte avec une certaine surprise que Monk avait raison. Parfois, la chose la plus dérangeante de toutes était la vérité, fût-elle minuscule. Ce pouvait être comme une fêlure sur un verre, qui finissait par se briser. Au début, c'était ce qui l'avait attiré chez Celia, tout comme son courage. Et bien qu'elle ne soit pas belle selon les critères habituels, elle possédait une grâce qu'il n'avait vue chez personne d'autre.

— Je vais avoir besoin de temps, dit-il à haute voix. Seulement, je ne peux pas me permettre d'attendre…

— Inutile de me parler comme si j'étais un imbécile, je m'en doute ! répliqua Monk avec un brin d'impatience. Quand Marlowe apprendra que vous vous renseignez à son sujet – car il l'apprendra, vous ne pouvez pas supposer qu'il ne le saura pas –, il réagira. Et il se fichera pas mal de qui il blessera du moment que ce n'est pas lui. Qui a envoyé la lettre anonyme ? En avez-vous une idée ? Qu'en pense Celia ?

— Plusieurs personnes auraient pu l'envoyer, pour une raison ou une autre, mais elle ne sait pas vraiment, répondit Hooper en regardant le visage grave de Monk. Il pourrait s'agir de n'importe qui. Seth Marlowe a été très généreux en critiques… Je ne sais pas à qui il s'en est pris, qui il a blessé dans son orgueil ou de qui il a sali la réputation.

— Le pasteur va-t-il vous aider ? demanda Monk d'un air sceptique.

— J'en doute. Sa défunte femme était la sœur de Marlowe, et, apparemment, il se sent obligé de veiller sur lui. J'ignore ce qu'elle aurait pu lui faire promettre… Roberson est un homme solitaire. Et je crois qu'il est très épris de Clementine.

Monk le regarda intensément.

— À mon avis, vous feriez mieux de régler au plus vite cette affaire, avant d'avoir un drame sur les bras ! Il faut que vous retrouviez sa fille… Comment s'appelle-t-elle ? Prenez le temps de le faire. Et si vous voulez, emmenez deux hommes avec vous. Laker et Walcott, par exemple.

— Elle s'appelle Flavia, précisa Hooper. Mais il est probable qu'elle n'utilise plus ce nom.

Le frisson d'appréhension qui le parcourut le surprit. Il ne s'était pas attendu à ce que Monk prenne les choses autant au sérieux. Et bien qu'il lui en soit reconnaissant, il avait maintenant réellement peur.

Celia n'était pas au courant de ce que son mari comptait faire ce jour-là, mais elle était très inquiète pour l'avenir de Clementine, et très en colère contre Marlowe qu'il l'ait accusée d'avoir écrit cette lettre anonyme. Cependant, plus important, elle avait peur. Qui avait envoyé cette lettre ? Combien d'autres y en avait-il ? Qui, à part lui, aurait pu en recevoir une ? Ces lettres parlaient-elles toutes de Marlowe ? Ou d'autres personnes également ? Combien de gens dans le village redoutaient ce que pourrait leur apporter le facteur ? Ces trois personnes qui plaisantaient à quelques mètres de là, de quoi riaient-elles ? Qu'est-ce qui était vrai, ou en partie vrai ? S'agissait-il de complets mensonges ? C'était le problème de ces lettres : elles instillaient la peur, obligeaient à se défendre contre des actes qui n'avaient pas eu lieu, et qui ne se produiraient probablement jamais, sauf qu'on les précipitait parfois en raison même de cette peur.

Elle s'adonnait à des tâches ménagères inutiles ; s'occuper ainsi lui donnait l'illusion de faire quelque chose, elle en était consciente. Par le passé, elle avait entretenu une belle maison. Le parquet ciré brillait comme de la moire, et le sol de la cuisine était si propre qu'on aurait pu manger par terre. À ce moment-là, avant la mort de Katherine et le legs qu'elle lui avait laissé, Celia avait disposé de moyens financiers très limités, mais, par la suite, l'idée qu'elle avait assez d'argent pour remplacer tout ce qu'elle voulait lui était demeurée étrangère. Elle avait réparé toutes sortes de choses plutôt que d'en acheter des neuves. Les robes usées ou déchirées, elle les avait coupées pour s'en faire des jupes, ou elle les avait transformées et données à plusieurs enfants de sa connaissance qui ne portaient que les vêtements de leurs aînés. Maintenant qu'elle n'était plus obligée de vivre ainsi, elle avait conservé cette habitude, et elle retaillait notamment des robes afin qu'elles servent à quelqu'un d'autre. Voir le visage réjoui d'une petite fille recevant une robe faite spécialement pour elle représentait une récompense à laquelle elle n'était pas prête à renoncer.

À cet instant, elle cirait des meubles qui n'en avaient nul besoin, parce que ça lui donnait l'impression de se rendre utile, et que ça requérait très peu de concentration. Elle avait déjà pelé les pommes de terre et les carottes qu'ils mangeraient au dîner. Il était encore trop tôt pour couper le chou, et plus encore pour sortir la viande du garde-manger et l'apporter dans la cuisine bien chauffée.

Celia fut contente d'entendre sonner à la porte. Elle posa son chiffon et s'empressa d'aller ouvrir. Il était presque onze heures du matin, le moment parfait pour offrir une tasse de thé.

Elle changea de sentiment lorsqu'elle aperçut Arthur Roberson sur le seuil.

— Monsieur le pasteur ? Quel plaisir de vous voir ! dit-elle en se forçant à sourire. Entrez, je vous en prie.

Il la suivit, avec un sourire qui paraissait aussi mécanique que le sien.

— Ça ne vous dérange pas si on va dans la cuisine ? Le feu n'est pas encore allumé au salon.

— Pas du tout, répondit Roberson. C'est une bonne idée. Personne n'allume un feu au salon si tôt dans la journée.

Et c'était vrai, excepté chez les gens très riches, ou totalement oisifs.

Celia le fit asseoir, puis elle remplit la bouilloire et la posa sur la cuisinière, avant d'ouvrir la trappe pour ajouter quelques morceaux de charbon. À l'aide du tisonnier, elle les poussa jusqu'à ce qu'ils soient au milieu et brûlants, après quoi elle vint s'asseoir et attendit qu'il prenne la parole.

Arthur Roberson la regarda d'un air grave, semblant hésiter. Il finit par se lancer et se dispensa des banalités d'usage.

— Dimanche dernier, vous avez eu l'amabilité de me dire que vous aviez apprécié le message de mon sermon. En fait, vous avez dit qu'il parlait du véritable sens de Noël. De la possibilité qu'offrait le Christ de pardonner tous les péchés, à tous ceux qui l'accepteraient. Et que personne n'était exclu. Absolument personne. Ni aucun péché.

Il se redressa très droit et la regarda en face.

Celia observa son visage plein de bonté, ses yeux clairs débordants de gentillesse, mais aussi très directs, et dans lesquels brillait une pointe de défi. Elle comprit qu'il ne serait pas le premier à détourner le regard.

Il lui était impossible de le contredire. Et si c'était vrai, cela devait s'appliquer à tout un chacun.

— Oui, dit-elle, sachant déjà qu'il allait lui demander de pardonner à Seth Marlowe.

Néanmoins, elle n'avait pas l'intention de le dire à sa place.

— La question n'est pas de pardonner les péchés ou les erreurs du passé, mais de prévenir ceux à venir, enchaîna posément Roberson. En général, il est facile de pardonner à ceux que l'on aime, tandis que pardonner vraiment et oublier les offenses commises par des personnes que l'on n'aime pas est très difficile. Je ne vous demande pas d'aimer Seth Marlowe, ma chère, ni de ne plus vous inquiéter au sujet de Clementine…

Il hésita un instant.

— Mais si vous pardonnez à Marlowe pour son bien à elle, ce mariage sera pour eux deux une chance de bonheur…

Il sourit.

— Le bonheur guérit de beaucoup de choses ! Je pense que vous-même le savez.

La remarque fit mouche. Avec John Hooper, Celia était heureuse, parfaitement heureuse. Le soleil s'était levé et sa lumière éclatante irradiait tout son univers. Certes, il restait toujours de la douleur, des combats à mener, du travail à accomplir, de l'égoïsme et de l'inconscience à surmonter, mais il y avait dans tout cela une joie qui donnait du sens et de la vie. Elle se surprit à sourire à cette pensée.

— Je lis la réponse sur votre visage, reprit doucement Roberson. Refuseriez-vous ce bonheur à Clementine ? Quoique vous pensiez de Seth, elle n'y est pour rien.

Il laissa en suspens la question de savoir si elle croyait que Seth rendrait Clementine heureuse ou qu'il l'emprisonnerait dans le chagrin. Mais pouvait-elle lui dire une telle chose ? N'était-ce pas le type même de jugement qu'elle déplorait chez les autres ?

Comme s'il avait lu dans ses pensées, le pasteur continua, toutefois il ne dit pas exactement ce qu'elle avait imaginé.

— Si ses amis avaient conseillé à John Hooper de ne pas épouser une femme qui avait menti au tribunal, auriez-vous voulu que, pour une raison ou une autre, il les écoute et revienne sur sa demande en mariage ?

Elle avait menti pour lui sauver la vie ! Roberson ne le comprenait-il donc pas ?

— Mais je l'ai fait pour…

— Pour lui sauver la vie, acheva-t-il à sa place. Je le sais, ce qui n'est pas le cas d'autres gens qui pourraient en juger différemment.

— Ils n'ont aucun droit de…

— Non, bien sûr que non. C'est précisément ce que je voulais dire.

Celia sentit ses joues s'enflammer. Elle ne s'était pas attendue à un argument intellectuel ou moral aussi puissant de la part d'Arthur Roberson. Une part d'elle était satisfaite, une autre en colère que Clementine ait choisi d'épouser Marlowe, et non pas Arthur Roberson. Non, ce n'était pas juste… Marlowe lui avait fait sa demande en mariage, pas Roberson ! Et le pasteur se sentait désespérément seul. Elle le savait mieux que personne.

Mais qu'elle était bête ! Peut-être qu'il avait proposé à Clementine de l'épouser et qu'elle avait refusé. Pourquoi l'aurait-elle fait ? Était-il possible qu'elle n'ait pas voulu vivre dans l'ombre d'Una, parce que Roberson l'avait aimée ? Seth Marlowe, lui, avait aimé Rose autrefois, mais il s'était pris de haine, et même de dégoût, pour elle depuis longtemps.

Elle était là en train de se livrer à des spéculations alors qu'elle ne savait rien du tout. C'était le genre de supposition partisane qu'elle désapprouvait.

— Et cette lettre ? reprit Celia. Qui l'a écrite ? Et pourquoi ? Marlowe est convaincu que c'est moi ! Et il a promis que, si ça recommençait, il s'en prendrait à John… Mais je ne peux rien faire pour la bonne raison que je ne l'ai pas écrite et que j'ignore qui en est l'auteur ! Je ne peux pas empêcher cette personne de recommencer… ou d'envoyer des lettres à je ne sais qui !

— J'y ai longuement réfléchi, dit Roberson d'un air sombre.

— Je suppose que Dieu peut empêcher les gens de faire de telles choses, mais pas supprimer la méchanceté qu'ils ont dans le cœur, poursuivit Celia, percevant l'amertume et le trouble que trahissait sa voix.

Est-ce que cela ne nous dispenserait pas, en effet, d'être ou bons ou méchants ?

— Je ne sais pas. Peut-être. Mais ce n'est pas ce que j'ai demandé à Dieu. Je Lui ai seulement demandé de me guider afin de savoir ce qu'il faut que je fasse.

La gorge de Celia se serra.

— Et d'après vous, ce sera quoi ?

— Je l'ignore, et ça me fait peur… Car ce ne sera sûrement rien de ce que je souhaiterais faire, sinon j'y aurais pensé tout seul !

Ce qu'il venait de dire était d'une honnêteté confondante.

— Vous croyez qu'Il va vous répondre ? s'enquit Celia.

Sa question était sérieuse. Arthur Roberson croyait-il réellement que Dieu répondait à de telles interrogations ?

— Oh, oui ! dit-il d'un air désolé. Je le saurai… si je veux le savoir.

Elle n'hésita qu'une seconde.

— Le voulez-vous ?

— Non, car ce sera certainement quelque chose de décisif et que je redoute…

L'ombre d'un sourire passa sur son visage.

— La seule chose encore pire serait de vivre ensuite avec la culpabilité. L'incertitude est destructrice, vous savez… Quoi qu'il advienne, on se demande toujours si une autre solution n'aurait pas été préférable.

— Que dois-je faire ? Dieu me le dira-t-Il ? interrogea Celia.

— Je pense qu'il l'a déjà fait. Soyez gentille avec Clementine. N'ajoutez pas à sa solitude en lui reprochant d'avoir fait le choix d'épouser Marlowe. Je sais que ce qu'il raconte n'est pas acceptable et, pire, que c'est égoïste, mais son comportement est dû à la peur qu'il a de la perdre si jamais elle vous écoutait.

Ce n'était pas déraisonnable, Celia le savait. Elle ne discuta pas.

— Et pour la lettre ? demanda Roberson.

Elle réfléchit une seconde.

— Je trouve très difficile de laisser croire à Clementine que je l'ai écrite.

— Elle ne le croit pas, s'empressa d'affirmer le pasteur. Et je sais que c'est terrible… J'ignore qui a envoyé cette lettre, et je me suis renseigné autant que j'ai osé le faire sans avoir à expliquer de quoi il s'agissait, ce qui, à mon avis, est exactement ce que souhaite la personne qui en est l'auteur.

Celia ne lui dit pas qu'elle avait parlé de la lettre à Hooper, et qu'elle lui avait demandé de découvrir d'où elle venait… ou de recueillir des informations suffisantes afin qu'elle puisse décider quoi faire quand le moment viendrait, si toutefois il venait.

— Vous devez pardonner à Seth, si difficile que ce soit pour vous, reprit Roberson en se penchant en avant. Vous ignorez s'il ne s'est pas repenti d'une chose dont il s'était rendu coupable, ou s'il se conduit ainsi à cause de la douleur et du chagrin d'avoir perdu sa première femme et sa fille, son unique enfant. Il doit en souffrir tous les jours et…

— Il accuse Rose, lui rappela Celia. Il le fait chaque fois qu'il prononce son nom.

— Je sais. Peut-être que sa blessure n'est pas encore refermée… et que Clementine l'aidera davantage que vous ou moi l'imaginons. Être aimé est une chose magnifique, Celia ! Nous le savons tous les deux.

Sa remarque la toucha au plus profond d'elle-même. Elle trouvait merveilleux de regarder Hooper lorsqu'il ne s'y attendait pas et de voir la lumière et la bienveillance dans ses yeux, de le voir assis là tranquillement dans sa maison, dans leur maison, et de ressentir la chaleur qui montait en elle, et la gratitude. Dans ces instants-là, elle ne pouvait souhaiter de mal à personne. Roberson avait raison : accepter le bonheur pour soi et le refuser aux autres était à la limite de l'impardonnable.

— Oui, dit-elle. Je souhaite ce bonheur à Clementine. Et ce serait mal de le refuser à quiconque, même à Seth Marlowe.

— L'eau bout, lui fit remarquer le pasteur en montrant le nuage de vapeur qui s'échappait de la bouilloire.

— Oh… mais oui ! s'exclama Celia en se levant d'un bond. Je vais nous préparer du thé.

Être tombée d'accord avec Arthur Roberson ne se révéla pas aussi simple qu'il lui avait semblé sur le moment. Le lendemain, en début d'après-midi, Celia reçut une autre visite, celle de Seth Marlowe. Sans même attendre qu'elle l'ait invité à entrer, il s'engouffra à l'intérieur de la maison.

Elle voulut protester, mais les mots moururent sur ses lèvres. Après avoir refermé la porte, elle le rattrapa dans le salon, où il se tenait au milieu du tapis, un papier à la main. Il le brandit devant elle.

— Allez-vous me jurer que vous n'avez pas écrit cette lettre non plus ? lança Marlowe d'une voix aiguë. N'avez-vous donc aucune honte ?

Celia se sentit glacée jusqu'aux os. Ça s'était produit, une autre lettre était arrivée.

Il se pencha vers elle.

— Alors, vous l'admettez, vous avez écrit ça ! dit-il en agitant la lettre. Vous… vous…

Il sembla ne pas trouver de mots suffisamment insultants.

— Ce n'est pas moi ! cria Celia en élevant la voix aussi fort que lui. Je n'ai aucune idée de ce que raconte cette lettre, mais si vous vous calmiez et utilisiez un tant soit peu votre cervelle, peut-être parviendrions-nous à comprendre qui l'a écrite… À moins que le savoir vous fasse peur… parce que vous le savez déjà ?

— Je le sais, oui, pauvre imbécile, puisque c'est vous ! Vous n'êtes qu'une femme jalouse et pathétique ! Mais je ne céderai pas. Je vais montrer cette lettre à Clementine. Nous verrons bien si elle accepte encore de vous voir ou de vous parler !

Celia tremblait de rage, mais également de peur. D'un seul coup, une amitié qui lui était chère depuis des années semblait être sur le point de connaître une fin malheureuse. Comment cet homme pouvait-il aimer Clementine et refuser qu'elle ait des amies, s'attendre qu'elle change entièrement de vie en se coupant de toute personne qui, à tort ou à raison, lui déplaisait ? La cruauté d'une emprise aussi absolue exercée sur la vie d'autrui ébranla la croyance de Celia en quelque certitude que ce soit. Il fallait qu'elle se ressaisisse, qu'elle réfléchisse et fasse preuve de bon sens. Elle n'allait pas se laisser traiter de cette manière ! Mais que pouvait-elle faire ? En regardant Marlowe, puis la lettre, elle comprit pourquoi il avait peur – car il avait peur ! Cette rage lui venait de la peur de perdre quelque chose qui comptait beaucoup à ses yeux. Celia le savait, même si elle ignorait ce à quoi il tenait tant. En tout cas, ce n'était pas les sentiments de Clementine qu'il ne prenait pas en considération, elle en était persuadée.

Marlowe avança d'un pas. S'il tendait le bras, il la toucherait.

Cette perspective la galvanisa.

— Vous pensez que j'ai écrit cette lettre ? Pour quelle raison l'aurais-je fait ? Vous m'avez déjà menacée, et je vous ai répondu que je ne verrais plus Clementine si cela devait mettre son bonheur en péril.

En réalité, elle ne se rappelait plus si elle l'avait dit, mais le préciser ne ferait pas de mal.

— Je me soucie de ce qu'elle ressent, ce qui visiblement n'est pas votre cas, enchaîna-t-elle. Et à condition qu'elle sache que c'est sur votre ordre, et non que c'est mon choix ou que je ne lui porte plus autant d'amitié, je tiendrai parole et resterai loin d'elle.

Marlowe se détendit une fraction de seconde, mais les jointures de sa main qui serrait la lettre étaient blanches, et il se tenait à moins d'un mètre d'elle.

— La lettre dont vous m'avez parlé l'autre jour était cruelle et vous accusait d'être responsable de la mort de votre première femme. Que disait-elle exactement ?

— Comme si vous ne le saviez pas ! marmonna Marlowe entre ses dents.

— Je n'en sais rien du tout ! Et, personnellement, ça m'est égal ! Mais si vous voulez découvrir qui a écrit cette lettre avant que d'autres personnes en reçoivent… Êtes-vous sûr que ce n'est pas déjà fait ?

Marlowe se figea d'horreur et la regarda, bouche bée.

— Vous feriez mieux de le découvrir, reprit Celia avec autant de maîtrise qu'elle le put. C'est le seul moyen d'arrêter ça. Et vite, avant que des lettres soient envoyées partout…

Il vacilla.

— Réfléchissez un peu ! ordonna-t-elle. Qui aurait des raisons de vouloir vous faire du mal ?

— Uniquement vous.

— Allons, je pourrais citer au moins trois autres personnes ! La liste se réduirait peut-être si vous me disiez qui était au courant des informations contenues dans la lettre… Je suppose que c'est le cas d'un très petit nombre de gens, car menacer de révéler ce que tout le monde sait déjà ne constituerait en rien une menace !

— Ce sont des mensonges, pauvre idiote ! tonna Marlowe en crachant quasiment.

Celia avait de plus en plus de mal à garder son calme.

— Des mensonges sur quoi ? Sur qui ? J'essaie de réduire le nombre de personnes pour que vous puissiez en éliminer au moins certaines. J'imagine que vous voulez que tout cela s'arrête ?

Marlowe demeura un instant silencieux, avant de finir par comprendre qu'elle avait raison. Elle vit quelque chose changer dans son regard.

— Je n'en sais rien, dit-il. Ce sont des inventions malveillantes sur la façon dont ma femme est morte, et sur les circonstances qui l'ont menée à sa mort. Ce sont des choses… cruelles, qui me blessent, et si ça se sait, Clementine en sera horriblement meurtrie.

L'espace d'une seconde, Celia eut pitié de lui. Le bonheur était parfois très fragile, et très précieux.

— Cette lettre fait-elle allusion à quelque chose de personnel ? Auquel cas, ça éliminerait la plupart d'entre nous. À l'époque, vous n'habitiez pas ici, et je ne vous ai jamais entendu parler de votre vie d'avant. Réfléchissez.

— Je n'en ai parlé qu'à Arthur Roberson, murmura Marlowe.

Celia le dévisagea d'un air médusé.

— Pour l'amour du Ciel, si vous le croyez capable d'une telle bassesse, vous êtes fou ! Pourquoi ? Qu'est-ce qui le pousserait à faire quelque chose d'aussi méchant ?

— Clementine.

— Vous dites n'importe quoi ! protesta Celia avec colère.

— Vous n'avez pas vu comment il…

— Non, et vous non plus !

— Oh, mais si ! rétorqua Marlowe, l'air sûr de lui. Il ne se l'est peut-être jamais avoué, mais Arthur est amoureux de Clementine et il la veut. Cependant, c'est moi qu'elle a choisi…

Il se redressa un peu, en restant toujours beaucoup trop près au goût de Celia.

— Je vous remercie, Mrs. Hooper, je crois que vous venez d'enfoncer le clou. Arthur sait tout de moi. Sa femme était ma sœur. Et il fait semblant de m'avoir pardonné la mort de mon épouse, mais, au fond de son cœur, il me la reproche. Il n'accepte pas ce qu'elle était… D'ailleurs, Una refusait d'y croire elle aussi. Oui, tout se tient…

— Non ! s'insurgea Celia. Arthur est le seul à vous avoir toujours défendu ! Votre supposition est malveillante et totalement fausse !

— Vous êtes naïve… Vous pensez qu'un habit de pasteur rend un homme innocent, pourtant il peut masquer de multiples péchés… C'est le meilleur déguisement du monde. Mais on peut faire tomber les masques, conclut Marlowe en filant vers le vestibule.

— Vous vous trompez sur lui, comme vous vous êtes trompé sur moi ! lui cria Celia.

— Non, je ne me trompe pas ! Je vous suis reconnaissant. Je vais mettre un terme définitif à toute cette histoire, ajouta-t-il en ouvrant la porte.

Celia le suivit.

— Si vous accusez le pasteur d'être l'auteur de ces lettres, vous vous fourvoyez complètement ! Et en plus de vous faire un ennemi d'un homme bon qui vous a toujours défendu depuis que vous êtes venu vivre ici, vous vous ferez des ennemis de tous les gens du village, y compris de Clementine !

— De vous, peut-être… bien que votre jugement n'ait jamais été aussi juste. Quant à la plupart des autres, dès qu'ils comprendront que j'ai raison et qu'ils ont tort, ils seront révoltés et…

— Ils ne vous croiront pas ! À moins que vous ne leur montriez les lettres, bien sûr…

Elle le vit tressaillir et continua :

— Seriez-vous prêt à le faire ? À les laisser juger entre vous et Arthur Roberson ? À propos, vous m'avez accusée à tort et m'avez traitée de menteuse, ce dont vous ne vous êtes toujours pas excusé.

— Et si c'était vous qui l'aviez incité à écrire ces lettres ? rétorqua Marlowe en haussant les sourcils, comme s'il le croyait vraiment.

La stupéfaction de Celia fut telle qu'il eut le temps de sortir avant qu'elle ait trouvé quoi répondre. Il claqua la porte et s'éloigna dans la pénombre. Alors qu'elle reprenait sa respiration, la seule chose qui lui vint à l'esprit fut des mots qu'elle avait déjà entendus mais jamais prononcés – du moins, pas à haute voix. Le simple fait de les avoir pensés la remplit de honte.

SIXIÈME PARTIE

Lorsqu'il partit de chez lui le lendemain matin, Hooper se dirigea rapidement vers le ferry et descendit la Tamise jusqu'à Wapping. Le supplément qu'il lui en coûta en valait la peine. Après avoir payé le trajet à l'employé, il monta les marches en pierre humides et glissantes qui menaient sur le quai, puis entra dans le commissariat. Avec la permission de Monk, deux de ses hommes, Laker et Walcott, devaient l'assister. Il leur en était profondément reconnaissant. Grâce à leur aide, et à la possibilité d'emprunter un des canots du commissariat, il serait facile de remonter le fleuve jusqu'au ponton le plus proche de leur destination. Sur l'eau, Hooper se sentait à son aise, et il le serait plus encore en ayant ces hommes à ses côtés.

Laker et Walcott l'attendaient. Tous trois s'en allèrent sans tarder. Ils ramaient depuis déjà un moment lorsque l'un des policiers prit la parole :

— Que chercherons-nous, une fois là-bas ? demanda Laker.

— N'importe quelle information sur Seth Marlowe, sa femme, Rose, ou leur fille, Flavia. Il est possible que celle-ci ait changé de nom.

Un moment s'écoula, durant lequel ils durent faire un effort considérable pour ramer contre le courant.

— Marlowe a vécu par le passé dans plusieurs villages, mais il allait régulièrement à l'église, reprit Hooper. Quant à Rose, on sait qu'elle est morte en se noyant, non pas dans la Tamise mais dans la mer, sur la côte sud. Leur fille, Flavia, est toujours en vie. Enfin… c'est ce que nous pensons.

— Si c'est le cas, sait-on où elle pourrait habiter ? demanda Walcott. Ou quelqu'un qui serait lié de près à l'un ou l'autre d'entre eux ?

Hooper secoua la tête. Ce matin-là, le froid était si intense qu'il avait besoin de toutes ses forces pour ramer. Il sentit que la marée montante commençait à les aider.

Tout était gris, à part aux quelques endroits où les nuages se déchiraient en laissant filtrer un rayon de soleil qui projetait de brefs éclats argentés sur la surface de l'eau. Les coques sombres des navires à l'ancre, dont le vieux bois était tapissé de pouces-pieds sous la ligne de flottaison, avaient une étrange beauté. Certains, aux énormes cales, étaient destinés au fret ; d'autres, plus élancés, à la vitesse. Les hauts mâts dressés vers le ciel remuaient à peine dans le calme du petit matin.

La nuit avait été difficile. Hooper n'avait pas bien dormi. À l'instant où il était rentré chez lui, il avait vu que Celia était affligée, bien qu'il ait fallu du temps avant qu'elle lui raconte ce qui s'était passé, et encore plus avant qu'il comprenne ce qui la peinait le plus. Apparemment, Marlowe avait débarqué chez eux dans une rage folle en brandissant une nouvelle lettre anonyme. Mais elle en ignorait le contenu, étant donné qu'il ne l'avait pas laissée la lire. Et, une fois de plus, il l'avait accusée d'en être l'auteur.

Lorsque Celia lui avait expliqué qu'elle n'avait pas cédé à la peur, mais qu'elle avait posé des questions pertinentes sur qui aurait pu connaître les informations contenues dans la lettre, Hooper s'était senti soulagé. Elle lui avait raconté que, après avoir réfléchi, Marlowe avait déclaré que seul Arthur Roberson avait connaissance de tous les faits de son existence et aurait pu inventer les rares qu'il ignorait. Ce qui avait le plus affligé Celia était que, désormais, le pasteur faisait figure de suspect. En réalité, il était désormais le seul, et cela par sa faute à elle. Elle se sentait écrasée par la culpabilité, mais plus encore par la peur que d'autres personnes puissent croire Marlowe, de sorte que Roberson serait détesté, voire chassé du village.

S'il n'avait pas été aussi désolé pour elle, Hooper aurait été furieux à cause d'une injustice aussi épouvantable. Quelle raison aurait eue le pasteur de faire une telle chose ? Celia lui avait donné la réponse à la seconde où il avait lui-même compris : Clementine ! Il avait bien vu comment Roberson la regardait, avait entendu avec quelle tendresse il parlait d'elle.

Et si Marlowe voyait le pasteur comme un rival et agissait ainsi dans le but de l'évincer ? Non, c'était trop compliqué… D'autant que Roberson n'avait pas demandé à Clementine de l'épouser, tandis que Marlowe l'avait fait. Sans compter que Hooper l'imaginait mal s'abaisser à écrire des lettres venimeuses à Marlowe, de façon anonyme ou autre. Son métier consistait à deviner les intentions des hommes et à traquer en permanence les coupables. Était-il lui-même si mauvais qu'il avait vu la culpabilité de Marlowe et pas celle de Roberson ? Quelqu'un avait écrit ces lettres, bien qu'il semblât que personne ne les eût lues, excepté Marlowe. Apparemment, elles renfermaient des allusions au comportement qu'avait eu Marlowe avec sa première femme avant qu'il soit venu s'installer au village. Des détails que Roberson aurait pu connaître, dans le plus grand secret et en toute confidence. Mais qui d'autre l'aurait su ? Hooper se creusa la tête afin d'envisager toutes les possibilités. Qui avait connu Una, la défunte épouse de Roberson ? À qui celle-ci aurait-elle pu parler si Rose lui avait fait des confidences ? Après tout, les deux femmes étaient belles-sœurs.

Quand il avait posé la question à Celia, il avait vu la lueur immédiate dans son regard. Hooper s'était attendu qu'elle mentionne quelqu'un du village, mais, lorsqu'elle avait répondu, elle l'avait fait en trébuchant sur les mots.

« Moi ! s'était-elle exclamée. Au cours de ses derniers mois, pendant que je veillais sur elle, Una me parlait beaucoup. Elle ne m'a rien raconté sur Seth Marlowe, mais j'imagine qu'il se dit qu'elle l'aurait pu. C'est ce qui explique qu'il a cru que c'était moi ! Et maintenant, il est persuadé que c'est Arthur ! Que pouvons-nous faire ? »

Les larmes avaient coulé sur ses joues. Cependant, il n'avait pas la réponse.

Hooper n'avait pas cherché à faire semblant. Après avoir caressé l'idée un instant, il l'avait repoussée. Ils ne s'étaient jamais menti. S'il le faisait maintenant, quelque chose d'infiniment précieux serait détruit. Et il ne fallait pas qu'il discute avec Celia du fait que

Roberson possédait une face plus sombre, dont il n'avait rien vu depuis le peu de temps qu'il le connaissait, pas même une ombre. Toutefois, il avait repensé à ce qu'elle avait dit du plaidoyer passionné qu'il avait prononcé sur le repentir et le pardon. Était-ce simplement théorique, ou bien une douleur obscure se cachait-elle derrière son discours ? Pouvait-on plaider avec tant de force en faveur de quelque chose dont on n'avait soi-même nul besoin ?

Cette question n'était que pure rhétorique, car Hooper connaissait la réponse. Roberson, comme tout honnête homme, se sentait coupable de quelque chose. Et que cette chose soit importante ou non n'était pas le problème. Un simple grain de sable dans l'œil pouvait se révéler infiniment douloureux. Celia l'avait-elle compris elle aussi, et se demandait-elle si Marlowe pourrait avoir vu juste ?

Hooper et les deux policiers avançaient bien. Ils ramaient en silence à l'unisson depuis déjà un bout de temps. Le blond et ambitieux Laker, avec son beau visage et son air impudent derrière lequel se cachaient ses rêves ; le plus sombre et plus massif Walcott, qui parlait peu et laissait rarement transparaître ses émotions. Hooper les comprenait tous les deux. Ils avaient éprouvé le courage de l'un et de l'autre face à maints dangers, et à quelques tragédies. Parler aurait cassé le rythme.

Ramant de façon machinale, Hooper replongea dans ses réflexions. Marlowe avait dit s'être confié au pasteur. À qui le pasteur, lui, se confiait-il ? Tandis qu'il s'interrogeait, il eut soudain la vision de l'immense solitude de cet homme qui croyait que Dieu l'avait élu afin qu'il soit un refuge pour les autres, quelqu'un en qui ils pouvaient avoir confiance, qui disait la vérité, jugeait de manière équitable, accordait le pardon divin à certaines offenses ou, parfois, à toutes. Sans lui-même avoir personne qui puisse lui assurer qu'il avait raison ou lui expliquer gentiment qu'il s'était trompé. Si en effet Roberson aimait Clementine, pourquoi ne lui avait-il pas proposé de l'épouser ? À moins qu'il n'ait voulu prendre son temps, et que Marlowe ne lui ait coupé l'herbe sous le pied ?

Ces questions demeuraient sans réponse et ne faisaient qu'en soulever d'autres. Il n'avait rien trouvé de plus à dire à Celia. Après qu'elle lui avait relaté sa conversation avec Marlowe, il s'était contenté d'écarter une mèche folle sur son front et de la prendre dans ses bras. À défaut d'être une réponse, c'était un réconfort, intense et silencieux. Au moment où il l'avait serrée plus fort, il l'avait sentie se relâcher. Elle s'était pressée contre lui, plus calme, en posant sa joue sur la sienne.

Le silence et la tendresse valaient infiniment mieux que des paroles rassurantes qui n'auraient pas été sincères, ou des promesses impossibles à tenir.

À part le bruit de l'eau qui léchait les bords du canot, un profond silence régnait. Ils avaient parcouru un peu plus de la moitié du trajet jusqu'à leur destination. Ils venaient de dépasser les entrepôts et les chantiers navals, et commençaient à longer des zones résidentielles.

La voix de Laker tira Hooper de ses pensées.

— Pardon ?

— Je vous demandais ce qu'il avait fait, ce Marlowe. Peut-être que le savoir nous aiderait.

— Bonne question, répondit Hooper. C'est un cuistre moralisateur, qui va tous les dimanches à l'église et explique aux autres ce qui ne va pas chez eux… et ce qu'ils devraient faire pour y remédier.

Voyant les deux hommes froncer les sourcils, il enchaîna :

— Il a reçu des lettres anonymes. Je veux savoir qui les lui a envoyées.

— Pourquoi ? rétorqua Walcott. Il semblerait qu'il l'ait plutôt mérité !

— Premièrement, répondit Hooper, parce que le pasteur est suspecté, or je ne crois pas que ce soit lui. Deuxièmement, je veux savoir ce que disent ces lettres, et si ce qu'elles prétendent est vrai. Troisièmement, mon épouse est soupçonnée elle aussi. Quatrièmement, cet homme s'apprête à épouser une jeune femme très sympathique dont il met la loyauté à l'épreuve en la coupant de toutes ses amies.

— Que pouvaient bien raconter ces lettres ? demanda Laker.

Hooper sourit. Laker voulait toujours tout savoir.

— L'une d'elles affirmait sans doute qu'il avait plus ou moins poussé sa femme au suicide. Quant à la seconde, je ne sais pas. S'il y était question ou non d'autre chose, Marlowe l'a gardé pour lui. J'aimerais savoir ce qui relève de l'exagération de la part d'une personne qui le déteste et ce qui est vrai. Est-ce que cela vous aide ?

— Oui, monsieur, assura Laker avec un grand sourire.

Hooper leur transmit les autres informations en sa possession ; notamment, ce que lui avait raconté Mrs. Soames.

Laker lâcha la rame un instant pour se frotter les yeux.

— Ah, la famille ! marmonna-t-il avec une moue dégoûtée.

Hooper ne fit pas de commentaire. Il connaissait Laker, ses rêves et ses drames.

Walcott demeura coi.

Ils arrivèrent au ponton de Pimlico, auquel ils attachèrent le canot. Alors qu'ils étiraient leurs muscles endoloris par l'exercice, Hooper leur indiqua les lieux où ils devraient commencer leurs recherches.

— D'après Roberson, c'est l'avant-dernier endroit où a vécu Marlowe. Il aura sûrement fréquenté l'église, car il n'y a que là qu'il se sente à l'aise. Interrogez les gens jusqu'à ce que vous trouviez quelqu'un qui le connaissait. Recueillez tout ce que vous pourrez. Il a dû se faire quelques ennemis… Marlowe est un prêcheur invétéré, tout le temps en train de dire aux autres ce qu'ils devraient faire ou ne pas faire. Nous nous retrouverons sur la jetée à quatre heures. Laker, vous irez vers l'intérieur. S'il le faut, prenez un omnibus. Vous, Walcott, allez du côté est. Je me charge de l'ouest.

— Je suppose qu'il n'allait pas au pub ? s'enquit Laker avec un sourire en coin.

— Sans doute pas, répondit Hooper. S'il buvait, il devait le faire en solitaire. Néanmoins, il adore avoir un auditoire, des gens à qui expliquer comment vivre. Essayez tous les clubs qui semblent possibles. Mais rien d'ordre frivole…

— Dieu du ciel ! s'exclama Laker d'un ton amer. Cette fille va vraiment se marier avec lui ?

Un sentiment de pitié éclaira brièvement son visage.

— Peut-être qu'elle est désespérée, suggéra Walcott, sans préciser le sens exact de sa remarque.

— Elle le sera encore plus si elle l'épouse ! répliqua Laker.

— Bien, allez-y ! ordonna Hooper. Tâchez de trouver tout ce que vous pourrez sur Marlowe. Quelqu'un hait suffisamment cet homme pour lui adresser des lettres malveillantes. Rendez-vous ici à la tombée du jour.

Hooper se dirigea d'abord vers l'église du quartier où avait résidé Marlowe avant de s'installer dans la paroisse du révérend Soames. D'après ses renseignements, cette période correspondait à celle où Rose Marlowe était morte, soit environ six ans auparavant. Il envisagea d'aller interroger le pasteur, mais que pouvait lui raconter cet homme, même s'il était bien disposé ? Simplement que Rose s'était noyée. Il ne lui révélerait rien de personnel dont il aurait pu avoir connaissance, étant donné que, quelle que soit son obédience, aucun homme d'Église ne romprait ses vœux de silence pour raconter quelque chose d'utile à un inconnu, fût-il de la police. Mieux valait aller directement au commissariat.

À un peu plus de dix heures, Hooper poussa la porte du poste de police local et s'approcha de la réception. Il se présenta au sergent de service auquel il indiqua son grade, avant de préciser qu'il travaillait en lien direct avec le commandant Monk de la police fluviale de la Tamise. Nul doute que ce détail retiendrait l'attention de son interlocuteur.

— Bonjour, monsieur, dit le sergent. En quoi puis-je vous aider ?

— Je cherche des informations sur un décès survenu il y a six ou sept ans. Une noyade, qui a eu lieu non pas dans le fleuve, mais dans la mer, sur la côte sud, je crois. La femme qui est morte vivait dans votre circonscription.

— Dans la mer, dites-vous ? répéta le sergent d'un air interloqué.

— Oui. Avant de me rendre en train sur la côte, j'aimerais avoir des renseignements sur cette femme et son mari.

Le visage du policier trahit soudain une certaine anxiété.

— La réouverture de l'affaire est due à une histoire de lettres anonymes, expliqua Hooper.

Le sergent fronça le nez comme s'il humait une odeur nauséabonde.

— C'est une très sale histoire, ajouta Hooper.

— Ce sont les lâches qui envoient des lettres anonymes ! Et en général, on découvre qu'elles viennent d'une femme… C'est que, avec les mots, elles sont douées ! Mais comment peut-on vous être utiles ?

Hooper n'avait pas de temps à perdre en subtilités. À moins d'un sacré coup de chance, les recherches s'annonçaient longues et stériles. S'il s'engageait sur une fausse piste, de nombreuses personnes risquaient d'en pâtir, même s'il avançait avec précaution.

— La femme qui s'est noyée s'appelait Rose Marlowe.

Les coins de la bouche du sergent s'affaissèrent, et il secoua légèrement la tête.

— On a évoqué des hypothèses déplaisantes concernant sa mort, reprit Hooper. Des innocents pourraient en souffrir. Mais en dehors de cela, envoyer des lettres malveillantes et menaçantes constitue un délit. Et si les accusations se révèlent être fausses, c'est de la diffamation. Et évidemment, si elles sont exactes, nous avons affaire à un crime ! Peut-être un meurtre.

Il exagérait quelque peu. À sa connaissance, il n'était pas question de ça. Mais que savait-il en réalité ? Seulement ce que Celia lui avait dit de la fureur de Marlowe, et de ce qu'elle pensait être chez lui de la peur. Et qu'en serait-il de la lettre suivante, et de celle d'après ? Peut-être devançait-il les événements, mais pas tant que ça. Après, il serait trop tard pour regretter.

— Pauvre femme, se contenta de dire le sergent. On a parlé d'un suicide. Mais vous êtes sans doute au courant. Cette dame était terriblement malheureuse.

— Comment le savez-vous ? demanda aussitôt Hooper.

Cet homme allait peut-être le mettre sur une nouvelle piste, lui donner de nouvelles idées et un nouveau sentiment sur l'affaire.

— Il n'y a pas que la police fluviale qui fait correctement son travail ! répondit le sergent d'une voix plus aiguë en relevant le menton. On voit des choses contre lesquelles on ne peut rien… On aimerait bien les empêcher, seulement, c'est impossible. On arrive à appréhender certains assez facilement, mais pas les gens respectables, notamment ceux qui vont à l'église. S'ils se cachent derrière un beau costume avec un col bien blanc et s'expriment comme il faut, ils sont intouchables…

— Cessez de tourner autour du pot ! s'emporta Hooper qui commençait à perdre patience. Vous parlez de son mari ?

— Naturellement. Même si lui pourrait dire autre chose.

— Dois-je comprendre qu'elle avait des relations avec d'autres hommes qui auraient pu la maltraiter ? Et peu m'importe que vous ayez détesté Marlowe, seule la vérité m'intéresse.

Le sergent commença à répondre, s'interrompit brusquement. Il demeura silencieux quelques instants avant de reprendre avec plus de circonspection.

— Mrs. Marlowe n'en a jamais rien dit et, bien entendu, ça ne se passait pas là où d'autres gens étaient en mesure de le voir, dit-il en secouant la tête. Mais les autres femmes le voient, vous savez… La mienne me racontait que, quand elle croisait Mrs. Marlowe à l'épicerie ou chez le boucher, elle avait le visage tuméfié, ou un bras qu'elle avait du mal à bouger. Marge aimait bien Mrs. Marlowe, et elle m'a dit plus d'une fois qu'on devrait faire quelque chose pour elle. Mais que vouliez-vous qu'on fasse ? La loi n'interdit pas à un homme de corriger sa femme – Dieu lui vienne en aide ! – s'il estime qu'il le faut.

Hooper se sentit parcouru d'un frisson, comme si le vent venait soudain de changer de direction.

— Vous pensez qu'il la battait ?

— Je le sais, répondit le sergent d'un air écœuré. J'ai bien vu la peur dans le regard de cette femme… Et si ça avait été quelqu'un d'autre que lui, elle l'aurait dit. D'ailleurs, leur fille, Flora ou je ne sais plus comment elle s'appelait, a raconté ouvertement que c'était son père qui la battait…

— En avez-vous parlé avec elle ? s'enquit Hooper.

Le sergent lui lança un regard condescendant.

— Pour dire quoi ? La femme aurait juste été battue de nouveau, et probablement la fille aussi !

— Qu'est devenue celle-ci, après la mort de sa mère ?

Le sergent prit un air désolé.

— La pauvre est devenue un peu timbrée et s'est mise à vivre dans la rue… C'était une jolie fille. Sans doute qu'elle s'en sortira pendant cinq ou dix ans, jusqu'à ce que quelqu'un la batte atrocement ou qu'elle attrape une maladie. J'espère que le type ira en enfer ! Et je ne m'excuse pas de l'avoir dit.

Hooper s'efforça, non sans difficulté, de ne pas laisser sa voix trahir son émotion.

— Qui détesterait suffisamment cet homme pour écrire des lettres à des gens du village où il vit aujourd'hui ?

Lui-même n'avait jamais rencontré Flavia, si toutefois c'était encore son nom, mais il ne cessait de penser au visage rayonnant de Clementine. Comment le supporterait-elle, si elle mettait au monde un enfant et que celui-ci était maltraité ? Le village lui viendrait-il en aide ? Resterait-il aveugle et détournerait-il les yeux en trouvant un prétexte pour ne pas intervenir ? Ces lettres devaient s'arrêter. Les suspicions qu'elles contenaient risquaient de faire un mal épouvantable. Certes, une telle accusation pouvait être fausse. Rose Marlowe avait peut-être été instable mentalement, comme l'avait prétendu Marlowe. Et Flavia avait pu prendre le parti de sa mère pour toutes sortes de raisons, parce qu'elle avait été témoin de violences ou pour se venger de son père après ce qu'elle avait vu, ou encore à cause de ce que sa mère lui avait raconté, des vérités, des demi-vérités ou de complets mensonges, dans l'idée de protéger un amoureux, ou autre chose. À moins que Flavia n'ait refusé de croire que sa mère était sérieusement dérangée.

Quoi qu'il en soit, on ne pouvait pas exclure l'hypothèse d'un meurtre. Ce qui aurait suffi à effrayer n'importe qui.

Voilà qui expliquerait le comportement de Marlowe. Cependant, ce n'était qu'un point de vue, des rumeurs qui circulaient de bouche à oreille et des on-dit, en aucun cas une preuve.

— Pourriez-vous me donner le nom du pasteur de l'église qu'il fréquentait ? demanda Hooper au sergent.

Et quand ce dernier le lui écrivit, il lui réclama celui d'autres personnes, d'un médecin, de voisins ou de commerçants locaux qui auraient pu connaître Rose Marlowe.

— Vous allez faire quelque chose, monsieur ? interrogea le sergent, la voix remplie d'espoir.

— Je vais tâcher de découvrir la vérité, à commencer par qui a écrit ces lettres, répondit Hooper. Elles pourraient faire beaucoup de mal à un innocent, tout comme à un coupable.

Il éludait la question, il en avait conscience.

— Un innocent ? Je croyais que vous aviez dit que c'était à lui qu'on avait envoyé les lettres…

— Vous connaissez l'homme. Vous pensez qu'il les accepte sans broncher et les brûle dans la cheminée ? À deux reprises, il a accusé ma femme de les avoir écrites, et il lui a interdit de rester amie avec la jeune femme qu'il va épouser. Si mon épouse ne lui obéit pas, il l'a menacée de déformer un événement survenu récemment dans sa vie – et dont j'ai connaissance puisque j'étais là –, afin de mettre tous les habitants du village au courant. Mais les mensonges…

La tête que fit le policier le persuada qu'il n'avait pas besoin de préciser sa pensée.

— Je vais faire ce que je peux, conclut tout bas Hooper. Je vous remercie.

Le sergent nota plusieurs noms et adresses sur une feuille qu'il lui donna.

— Prenez soin de votre femme, monsieur. Et si vous retrouvez la fille, peut-être pourriez-vous faire quelque chose pour elle ?

— Je le ferai, promis.

Hooper alla d'abord interroger les voisins. La plupart ne lui apprirent pas grand-chose, sans qu'il puisse déterminer si c'était parce qu'ils en savaient très peu ou parce qu'il n'y avait rien à raconter. L'image d'ensemble qui se dégageait de leurs réponses correspondait à ce qu'il savait déjà. Seth Marlowe était un homme facile à détester. Il ne mâchait pas ses mots, était prompt à la critique et content de lui. Mais il était aussi d'une rigoureuse honnêteté, réglait ses factures en temps et en heure, et il lui arrivait même en certaines occasions de se montrer généreux. Ses manières, bien que brusques, restaient toujours polies. Il ne colportait ni ne répétait aucun ragot, et il ne mentait jamais.

Les paroissiens confirmèrent en outre que Marlowe prônait volontiers le pardon, à condition qu'il y ait eu confession et repentance. La chose qui ressortit avec le plus d'intensité était que Marlowe n'avait aucun sens de l'humour. La vie avait été cruelle avec lui. Hooper savait en effet par Roberson que, avec Rose, il avait connu un chagrin aussi douloureux que compréhensible, puis la honte, et enfin le deuil. Une telle blessure mettrait des années à guérir, si jamais elle guérissait un jour.

Malgré lui, Hooper comprenait pourquoi la peur de perdre Clementine – son courage, son visage rayonnant, son amour de la vie, son rire joyeux et, surtout, sa confiance – touchait Marlowe au plus profond de lui-même en menaçant tout ce qui comptait pour lui, sa sérénité d'esprit comme de cœur.

Au fil de ses entretiens avec diverses personnes, il ne recueillit que des suggestions et des souvenirs pénibles, quoique contradictoires. Mais il y réfléchirait plus tard, une fois rentré chez lui.

Un peu après quatre heures, Hooper retrouva Laker et Walcott, et ils remontèrent dans le canot. Les deux policiers le déposèrent devant le ponton le plus proche de son domicile, après lui avoir raconté pendant le trajet le peu qu'ils avaient appris. Cependant, tout corroborait ce qu'il savait déjà, et confirmait la réputation qu'avait Marlowe de se mêler de tout, même si, semblait-il, il avait été considéré comme une autorité en matière d'histoire, notamment sur la période de la Réforme. Laker avait rencontré un médecin qui avait soigné Rose Marlowe. Ce dernier, bien que peiné et furieux, n'avait livré aucun détail, mais il n'avait pas été surpris d'apprendre qu'elle était morte.

Hooper les remercia tous les deux et leur dit :

— À demain… Bonne nuit !

— À vous aussi, monsieur ! crièrent-ils pour couvrir le clapotis de l'eau au bas du quai.

Dès qu'il arriva chez lui, la première chose que fit Hooper consista à vérifier que la porte était bien verrouillée, barricadée contre la nuit et le vent cinglant chargé de neige fondue. À la seconde où elle entendit coulisser le verrou, Celia sortit du salon, le regard rempli d'inquiétude. Il comprit qu'elle se faisait du souci pour lui, qu'elle avait vu qu'il avait froid et était fatigué, mais plus encore qu'elle avait remarqué sa détresse.

Avant de dire quoi que ce soit, il la serra dans ses bras. Un réconfort silencieux, c'était ce dont il avait besoin, avant même de lui raconter ou non ce qu'il avait découvert. Elle semblait comprendre son envie de s'expliquer. Peut-être était-ce ce que devait être l'amour, et ce que signifiait avoir un foyer, dans tous les sens du terme. Il mangea une pleine assiette de ragoût avant qu'elle l'interroge sur ce qu'il avait appris.

Hooper hésita. Il pensa omettre certains des faits les plus sombres, cependant mentir lui ferait encore plus de mal. Et puis, sans doute par égoïsme, il voulait en partager le poids.

— Apparemment, Marlowe n'a pas changé, commença-t-il. D'après plusieurs personnes qui le connaissaient, il battait sa femme.

Il vit la stupeur de Celia, en même temps que son dégoût.

— C'est plus fréquent que tu ne pourrais le penser, dit-elle tout bas. Mais les femmes n'en parlent pas. Certaines sont même persuadées que c'est leur faute. Et elles ne veulent pas que d'autres personnes le sachent. De toute façon, où iraient-elles ?

— Heureusement que Marlowe n'est pas pasteur ! Il n'a rien de la pitié, de l'attention d'Arthur Roberson…

Il s'interrompit une seconde.

— Et il semblerait qu'il en aille ainsi depuis longtemps.

— Arthur ne fera rien contre lui, observa Celia à regret. Je ne sais pas pourquoi, mais j'imagine que ça a à voir avec une promesse qu'il a faite à Una. Peut-être qu'elle protégeait Seth parce qu'il était son frère… par loyauté familiale. Ou parce qu'elle savait quelque chose que nous ignorons.

Hooper réfléchit un instant, puis dit tout haut ce qu'il pensait.

— Ou peut-être que Roberson a simplement fui le conflit.

Celia paraissait préoccupée. Elle baissa les yeux.

Il attendit sans rien dire.

Lorsque de nouveau elle le regarda, ses yeux reflétaient un réel désarroi.

— À moins que Marlowe ne le fasse chanter, comme il a tenté de le faire avec moi. Peut-être que quelque chose dans la mort d'Una, une erreur ou un acte de pitié mal placée, incite Arthur à prendre sa défense, quelle que soit la vérité…

Celia reprit sa respiration et enchaîna :

— Arthur n'a personne vers qui se tourner. Et il a connaissance de secrets de beaucoup de gens. Il doit protéger quiconque lui a fait confiance.

Hooper n'avait pas pensé à cela.

— Oh, mon Dieu… Quel lourd fardeau ! murmura-t-il. Il est possible qu'il connaisse la vérité, voire qu'il en sache davantage, seulement il ne peut rien révéler ni même laisser entendre quoi que ce soit… Dieu merci, je ne suis pas prêtre ! Quelle charge insupportable à porter !

— Peut-être devrais-tu faire confiance à Dieu pour résoudre l'affaire d'une manière ou d'une autre ? suggéra Celia d'un air inquiet.

— Est-ce qu'Il fait ça ? demanda Hooper, le regrettant aussitôt.

La question de Celia témoignait de la profondeur de sa foi. Cependant, il ne pouvait pas retirer ce qu'il venait de dire.

Elle lui sourit.

— Dieu ne résoudra rien, répondit-elle. Mais Il montrera à quelqu'un ce que…

— Tu veux dire à l'un d'entre nous ?

Celia lui tendit sa main. Il la prit.

— C'est probable, dit-elle.

Le lendemain matin, Hooper alla directement sur la rive nord de la Tamise, au commissariat de Wapping, où il apprit que Walcott avait trouvé une adresse à laquelle Marlowe avait habité avant celle que le révérend Soames lui avait indiquée. Néanmoins, les renseignements recueillis là ne révélèrent rien de nouveau ou d'intéressant. Apparemment, Seth Marlowe avait toujours été un homme très croyant, doublé d'un donneur de leçons qui considérait que pointer et nommer une faute relevait de l'amour que l'on doit à son prochain. Et il ne s'était jamais rendu compte que, bien souvent, cela n'aboutissait qu'à mettre les gens sur la défensive, et qu'il était rare qu'ils s'améliorent en quoi que ce soit.

En revanche, il donnait généreusement de son temps et de ses moyens. Personne n'avait de doute là-dessus, et certains lui étaient sincèrement reconnaissants. Quelques-uns le plaignaient même d'avoir une femme aussi triste, ainsi qu'une fille terriblement rétive.

Les lettres étaient la clé, Hooper le rappela à Laker et à Walcott, qui n'avaient pas de grosses affaires en cours requérant leur attention, uniquement des cambriolages dont n'importe qui d'autre pouvait s'occuper. Deux jours de plus ou de moins ne changeraient pas grand-chose, d'autant que Monk l'avait clairement averti de tous les drames qui risquaient de se produire si Seth Marlowe recevait de nouvelles lettres et s'en prenait à des innocents.

— Avez-vous fini par apprendre ce que disaient exactement les lettres, monsieur ? demanda Laker. Ça nous donnerait peut-être une chance de…

— Non. Et Marlowe n'a pas voulu le révéler. En fait, il n'a pas porté plainte mais a accusé ma femme d'avoir écrit la première lettre. Ensuite, il est venu chez nous en l'accusant d'en avoir écrit une seconde. Et il est reparti comme s'il avait tout à coup compris quelque chose. Mais il ne lui a pas présenté ses excuses pour avoir eu ce comportement consternant.

— Sans doute qu'il estime que ce n'est pas nécessaire, commenta Walcott d'un ton sec. Il a compris qui a écrit les lettres, dites-vous ?

— C'est ce dont j'ai peur, avoua Hooper. Et qu'il décide de régler les choses lui-même.

— S'il a raison, quelqu'un va le regretter ! commenta Laker. Sale affaire ! Quelle lâcheté de...

— Parfois, c'est le seul moyen, lui fit remarquer Hooper. Quand on n'a ni pouvoir, ni argent, ni statut, et que personne ne veut vous croire face à un pilier de vertu tel que Seth Marlowe...

— Quand on est une femme ou un domestique, vous voulez dire, ou quelqu'un de dépendant ? interrogea Laker.

— Il ne devrait pas en aller ainsi, mais...

— On essaie alors de renverser la société et de tout recommencer, l'interrompit de nouveau Laker avec un sourire en coin. D'où qu'on parte, avant même d'avoir parcouru la moitié du chemin, on est ramené aux rôles de maître ou de serviteur, de persécuteur ou de victime, de qui a ou de qui n'a pas...

— Je ne cherche pas à m'élever dans la société. Je m'efforce de découvrir qui a écrit ces lettres anonymes à Seth Marlowe avant que lui-même ne le fasse ou ne s'en prenne à celui qu'il croit en être l'auteur, de manière à éviter que ne soit commis un crime, ou que quelqu'un ne soit gravement blessé, répondit Hooper d'un ton acerbe.

Le sourire de Laker s'évanouit, tout comme le regard amusé de Walcott.

— Oui, monsieur, dit Laker. Faut-il que je recherche des femmes en particulier ? Par exemple, une amie de sa défunte femme ? Ou un homme qui tenait à elle ? Est-ce qu'elle avait de la famille ?

— Non, j'y ai déjà pensé. Elle n'avait pas particulièrement d'amis. Si elle en avait eu, ils auraient pu l'aider du temps où elle était encore de ce monde !

À la colère qu'exprimait sa voix, Hooper comprit qu'il se souciait réellement de ce qui était arrivé à Rose Marlowe. Croyait-il le pire au sujet de son mari parce qu'il ne l'appréciait pas ? Il le connaissait à peine. Néanmoins, les choses étaient simples : Marlowe avait agressé Celia verbalement, et il le soupçonnait de malmener déjà Clementine en exerçant une emprise sur elle qui ne ferait qu'empirer. Se montrait-il prudent et perspicace afin d'empêcher qu'un mal ne soit commis ? Ou bien était-il injuste envers un homme qu'il n'aimait pas ? Surprotégeait-il sa femme qu'il aimait de plus en plus à mesure que les jours passaient ? Et protégeait-il Clementine parce que Celia tenait à elle ?

— Vous avez dit que la première enveloppe a été déposée chez lui, dit Walcott, c'est donc par quelqu'un qui sait où il habite et peut s'y rendre facilement sans se faire remarquer.

— Oui, et qui en sait long à son sujet, des choses que personne d'autre ne connaît, convint Hooper. Je ne lui ai pas trouvé d'amis de ce genre. Mais bon, j'imagine mal quelqu'un admettre avoir écrit ces lettres…

Être animé d'une telle colère déplaisait à Hooper. Il était quasiment fou de rage.

— Il y a quelque chose dedans que Marlowe redoute. Nous ne pouvons pas interroger sa femme, la pauvre… Et il est inutile qu'on demande à un homme d'Église de qui il pourrait s'agir, étant donné que, de toute façon, il sera dans l'incapacité de le révéler.

— Vous pensez que ça a un rapport avec sa femme, enchaîna Laker. Est-ce que ce pourrait être quelque chose qu'elle a fait qui aurait pour lui de fâcheuses conséquences ? Ou, pire, qui ferait de lui la risée du village ? Personne n'aime être tourné en ridicule… Rire avec quelqu'un est une chose, mais rire de quelqu'un en est une autre. Particulièrement d'un homme aussi moralisateur, qui a le sentiment d'être si important et n'a aucun humour.

— Exactement, dit Hooper. D'autant que nous ne savons pas toujours à quoi quelqu'un est sensible. Il faut à tout prix qu'on retrouve la fille.

— Si elle est encore en vie, lui rappela Walcott. Vivre dans la rue est très dur pour les jeunes filles, surtout quand elles n'en connaissent pas les codes et…

— Je sais, l'interrompit Hooper.

Lui-même l'avait constaté. On repêchait trop d'entre elles un jour dans la Tamise. Or, même une seule, c'était déjà trop.

Ils déplièrent une carte, puis la divisèrent en zones qu'ils se répartirent, en fonction des rares informations dont ils disposaient, et des informateurs qu'ils connaissaient ici ou là qui pourraient leur apprendre quelque chose. Mrs. Soames avait décrit Flavia de façon sommaire. Apparemment, elle avait les cheveux roux. Peut-être que ce détail leur serait utile.

Et si jamais ils la retrouvaient, que se passerait-il ? La jeune fille aurait-elle une idée de qui avait écrit ces lettres ? Les événements auxquels celles-ci faisaient allusion étaient sans doute antérieurs à la mort de sa mère et au jour où elle-même avait quitté la maison. Elle saurait peut-être qui d'autre était au courant. Toutefois, même si c'était le cas, accepterait-elle d'en parler, surtout à un homme de la police fluviale ?

Hooper ne voyait rien d'autre qui soit susceptible de l'aider.

Il retourna dans le quartier où Marlowe avait habité avant de s'installer dans la paroisse du révérend Soames. L'endroit était situé plus ou moins en face de la maison de Celia, sur la rive nord de la Tamise, où se trouvait le bassin principal du port de Londres. Hooper avait lu que c'était la plus grande ville du monde. Ce qu'il savait, c'est que c'était le plus grand port.

Ses années passées en mer avaient eu de bons côtés. Il avait vu des lieux qui lui avaient ouvert l'esprit et l'imagination, en lui faisant admirer et respecter la vie sous toutes ses formes, humaine ou autres, en raison de sa variété, de son essence et, surtout, de sa beauté. Néanmoins, il était désormais heureux de rentrer chez lui tous les soirs, de voir la même allée qui menait à sa porte, les fleurs dans le jardin, les roses, surtout les jaunes, et il aimait plus encore que Celia soit là pour l'accueillir. Peut-être appréciait-il ces choses davantage que ceux qui avaient toujours eu un foyer et trouvaient cela normal.

Marlowe en avait eu un, et l'avait ensuite perdu.

Il lui fallut une bonne partie de la journée et celle du lendemain avant de retrouver Flavia, avec l'aide de Laker et de Walcott. Le commissariat local ne se révéla pas d'une grande utilité, sinon pour dire que les policiers connaissaient son nom mais hésitaient à l'accuser de quoi que ce soit. Elle était très jeune et s'en sortait à peine. Une des œuvres de bienfaisance du quartier l'aidait de temps à autre. Personne ne s'était plaint en l'accusant d'être une voleuse. En général, étant donné que la police utilisait des prostituées pour obtenir des informations, elle les laissait plus ou moins tranquilles. Aucune d'elles ne savait grand-chose sur la jeune fille, en dehors du fait que, comme sa mère, elle avait les cheveux roux.

Ils se rendirent dans divers bordels, où personne ne dit la connaître. Les autres femmes de la rue qui auraient pu la croiser se montraient très protectrices. La jeune fille était jolie, mais trop inexpérimentée pour représenter une menace à leurs yeux. Ce qui pourrait changer si jamais elle parvenait à survivre.

La tenancière d'un bordel précisa à Laker qu'elle pensait que Flavia travaillait dans une rue en particulier. Néanmoins, il doutait qu'elle ait dit la vérité. Elle avait juste voulu se débarrasser de lui.

Ils mirent un long moment à comprendre quelles femmes travaillaient dans quelles rues. Les endroits qui restaient aux nouvelles venues étaient assez limités. C'était une question de survie. Pour finir, un mélange de menaces et de pots-de-vin réduisit les possibilités au minimum.

Il était tard et il faisait très froid lorsque, enfin, Hooper la repéra.

Elle se tenait dans une ruelle sous un réverbère. La brume enroulait déjà ses spectres gris autour de la lumière qui se reflétait sur les gouttes parsemant sa chevelure resplendissante. Elle avait l'air fatiguée, et triste. Mais c'était une belle fille ; peut-être que sa mère avait été comme elle autrefois. En tout cas, elle ne ressemblait pas du tout à Seth Marlowe.

La jeune fille ne le vit pas avant qu'il s'avance dans le halo de lumière du lampadaire. En la voyant sursauter, Hooper se demanda si elle n'était pas en train de rêver qu'elle était quelque part ailleurs, au chaud et à l'abri.

D'un geste machinal, elle se retourna et se força à sourire.

— Vous cherchez de la compagnie, monsieur ?

Son expression était douloureusement rayonnante.

Hooper eut l'impression d'avoir reçu un coup. Comment un homme supportait-il de savoir que sa propre fille vivait ainsi, même pour survivre ? Que devait-il faire ? Comprendrait-elle que la seule chose qu'il voulait était connaître la vérité ? Laquelle pourrait se révéler plus glaciale que la nuit d'hiver qui se refermait.

— Pour tout vous dire, j'ai faim, commença-t-il – et c'était vrai. Venez manger un plat chaud avec moi au pub du coin de la rue, et nous discuterons.

Elle le dévisagea d'un air méfiant.

— Vous voulez que je vienne manger avec vous ?

Elle s'exprimait bien, sans aucun accent, mais, si elle était la fille de Marlowe, elle avait dû recevoir une bonne éducation, du moins avant de s'être enfuie de la maison. S'il obligeait Marlowe à lui montrer les lettres, il saurait si celles-ci avaient été écrites par quelqu'un d'éduqué ou pas, si la grammaire était correcte ou feignait délibérément l'ignorance. Était-ce une des raisons pour lesquelles il avait refusé de les montrer à Celia ?

— Oui. J'ai très faim. Et je préfère ne pas dîner seul.

La jeune fille recula.

— Qu'est-ce que vous voulez ? Vous pensez que comme ça vous n'aurez pas à me payer ?

Hooper sortit de l'argent de sa poche et lui donna deux couronnes.

— Est-ce suffisant pour commencer ? demanda-t-il.

Elle hocha la tête et prit les pièces, qu'elle regarda avec attention avant de les ranger au fond d'une poche cachée sous ses jupes.

— D'accord, je vais dîner avec vous.

Hooper voyait bien qu'elle continuait à se méfier, mais aussi qu'elle était affamée. Sans doute ne prenait-elle pas souvent un bon repas dans un endroit chauffé. Que lui était-il arrivé pour qu'elle ait choisi une telle existence plutôt que de rester chez son père ?

Le vent se levait, d'un froid mordant. Quand il la prit doucement par le bras, elle se laissa emmener jusqu'à l'angle de la rue principale.

— Comment vous appelez-vous ? lui demanda-t-il.

La jeune fille hésita une seconde, puis releva le menton.

— Bessie, répondit-elle d'une voix plus rauque, comme si prononcer ce nom lui serrait la gorge.

Hooper était plus que jamais convaincu que cette fille était Flavia, mais il fit semblant de la croire et continua à la tenir par le bras, d'une main à la fois douce et ferme.

Ils s'éloignèrent dans la rue principale. L'enseigne du pub *Dog and Duck* scintillait à une vingtaine de mètres. La jeune fille entra volontiers dans la salle bien chauffée et brillamment éclairée. Hooper choisit une table à laquelle ils s'installèrent, puis il commanda deux *Irish stew*. Les assiettes arrivèrent, remplies de morceaux de mouton et de pommes de terre nappés d'une sauce épaisse. Le ragoût n'avait rien de comparable avec celui de Celia, mais il était tout de même bon.

— Bessie ? C'est un joli nom. J'ai connu une femme qui avait exactement la même couleur de cheveux que vous. Elle s'appelait Rose. Elle était mariée à un homme très rigide et très moralisateur, qui passait son temps à expliquer à tout le monde comment se comporter.

Flavia se raidit sur sa chaise.

— Un ami à vous ? s'enquit-elle d'un air suspicieux.

— Non. En fait, je ne l'apprécie pas, mais j'en parle parce qu'il s'est conduit de façon très déplaisante avec mon épouse. Il l'a accusée de lui avoir écrit des lettres anonymes.

Hooper observa sa réaction.

La jeune fille rougit très légèrement avant de reprendre une cuillerée de ragoût qu'elle mangea sans le regarder. Elle ne demanda pas ce que voulait dire « anonyme ».

Hooper continua de manger ; il mourait de faim.

Finalement, elle leva les yeux.

— Et qu'est-ce que vous avez fait ? questionna-t-elle.

— Vous ne voulez pas savoir ce que disaient ces lettres ?

Il était curieux de découvrir ce qu'elle imaginait, et plus encore ce qu'elle dirait.

— Des choses méchantes, je suppose ! répondit la jeune fille en haussant les épaules. Pourquoi est-ce que vous me parlez ?

— Je me demandais quand vous me poseriez la question, rétorqua Hooper sans répondre à la sienne.

Je n'ai pas vu les lettres. Et il ne les a pas montrées à ma femme, il en a simplement brandi une en hurlant que cette lettre était vile et complètement fausse, qu'elle se résumait à un tissu de mensonges. Après quoi il a ajouté que, si elle lui en écrivait une autre, il le ferait savoir à tout le village. Et qu'elle ne devait plus voir la jeune femme qui va l'épouser, qui est la meilleure amie de mon épouse.

— Oh…

La jeune fille avait l'air troublée, elle ne savait visiblement pas comment réagir.

— Ma femme en a été très perturbée, précisa Hooper.

— Une fois mariée avec lui, la jeune femme devra faire tout ce qu'il veut, dit-elle d'une voix atone.

Elle parlait de quelque chose qu'elle ne connaissait que trop bien.

— Et si elle ne le fait pas ?

— Il la battra. Les maris en ont le droit… À propos, d'où venez-vous ? Non que ça change quelque chose ! Qui que vous soyez, si vous êtes un homme, vous avez le droit de battre votre femme, dit-elle avant de détourner les yeux. Même si vous êtes quelqu'un de très convenable qui est ami avec le pasteur et tout ça…

— Oh, je vous crois ! Les pasteurs doivent être amis avec tout le monde, même s'il s'agit de quelqu'un qu'ils n'aiment pas beaucoup. Ils doivent essayer de voir le meilleur en chacun.

Elle le regarda d'un air hautain.

— Ah oui ? Et vous, pourquoi le feriez-vous ? Je ne suis qu'une… une fille des rues ! dit-elle soudain avec colère et amertume, au bord des larmes.

— Toutes sortes de gens mentent, Flavia, et toutes sortes de gens disent la vérité.

La jeune fille devint toute pâle.

— Comment m'avez-vous appelée ?

— Flavia. C'est bien votre prénom, n'est-ce pas ? dit gentiment Hooper.

Elle se recroquevilla de stupeur, comme s'il l'avait menacée. De toute évidence, elle avait très peur. Soit elle ne savait pas quoi répondre, soit elle était trop terrifiée pour réagir.

— Je pense que vous êtes Flavia Marlowe, reprit-il. Et que Rose Marlowe était votre mère. Bien que vous ne lui ressembliez pas du tout, je crois que Seth Marlowe est votre père.

Elle ne chercha pas à nier, mais son regard se remplit d'effroi.

— Je ne reviendrai pas ! s'exclama la jeune fille en manquant s'étrangler.

— Non, et personne ne vous y forcera, promit-il. Ce qu'il y a dans les lettres est-il vrai ? En tout cas, ça lui a fait extrêmement peur.

— Tant mieux ! Et bien sûr que c'est vrai… Je ne mens pas !

— Des tas de personnes ne mentent pas, mais nous commettons tous des erreurs.

D'un geste brusque, elle lâcha sa cuiller dans son assiette et recula, le visage blême et apeuré.

— Je n'irai pas…

— Vous n'irez nulle part où vous n'avez pas envie d'aller, Flavia, la rassura Hooper en lui prenant la main. Mais ces lettres doivent cesser, sans quoi d'autres gens seront accusés de les avoir envoyées et malmenés. Ce n'est pas ce que vous vouliez, n'est-ce pas ?

— Non, bien sûr que non… Et cette pauvre fille qu'il va épouser, que va-t-il lui arriver ? demanda Flavia d'une voix tremblante. J'ai vu ce qu'il avait fait à ma mère… Il n'a pas changé. Ce n'est pas possible… Il lui donnait sans cesse des ordres : « Fais ci, fais ça, ne fais pas ça ! Tu fais tout de travers ! Fais ce que je te dis ! » C'était tout le temps comme ça… Il brisera sa nouvelle femme comme il a brisé ma mère, ajouta-t-elle en le regardant, les joues mouillées de larmes. Ma mère n'était pas méchante, comme il le prétendait. Elle voulait juste rire de temps en temps, être jolie… Ce n'est pas un péché. Elle n'était ni une poule ni une prostituée, elle voulait simplement être heureuse… et ne pas être battue !

— C'est ce que nous voulons tous. C'est donc qu'il y a quelque chose de cassé en lui, pas en elle.

— Mais maintenant, si ! rétorqua Flavia en élevant la voix avec colère et douleur. Ma mère s'est suicidée… Et pour cela, il n'y a pas de pardon possible, étant donné qu'on est mort et qu'on ne peut plus se repentir !

— C'est ce qu'il a dit ?

— C'est ce qu'ils disent tous !

— Et comment le sauraient-ils ? Personne n'est jamais revenu d'entre les morts pour le confirmer.

Hooper perçut l'incrédulité dans sa propre voix.

Flavia le dévisagea.

— Reprenez votre place, dit-il doucement. Il n'est pas nécessaire que tout le pub nous entende.

Elle obtempéra.

— Ma mère s'est suicidée, répéta-t-elle, si bas qu'il dut se pencher pour l'entendre. Après qu'elle a perdu le bébé, tout lui est devenu égal. Elle a juste… Nous sommes allées passer une journée au bord de la mer. En train, ce n'est pas très loin. Le soir, au moment où la marée descendait, elle est allée se promener sur la plage, puis elle est entrée dans la mer et elle a continué à marcher… Je l'ai appelée, j'ai couru sur le sable et je suis entrée dans l'eau, mais elle était trop loin. Peut-être qu'elle m'a entendue, peut-être pas… Elle a continué à avancer jusqu'à ce que l'eau l'emporte et qu'elle ne puisse plus revenir. Pas une seule fois elle ne s'est retournée… Elle voulait partir, nous laisser…

La jeune fille s'affaissa sur elle-même en laissant libre cours à son chagrin.

Hooper s'agenouilla près d'elle et la prit dans ses bras tandis qu'elle versait toutes les larmes retenues depuis cette soirée épouvantable.

Dans le pub, personne ne leur prêta attention. Tous ici avaient connu des chagrins, une solitude ou une douleur semblables ; ils comprenaient.

Celia entendit la cloche de l'entrée, puis la porte s'ouvrir et se refermer. Elle se figea. Qui aurait sonné alors qu'il avait la clé ?

— Celia ?

Elle reconnut la voix de son mari.

Aussitôt elle se leva et alla dans le vestibule, où elle s'immobilisa. À côté de lui se tenait une jeune femme – une jeune fille, en fait. Bien que celle-ci soit très maquillée, Celia estima qu'elle ne devait pas avoir vingt ans. Sa robe était très ajustée, beaucoup trop pour être convenable, ou flatteuse, et tout usée. Mais le plus frappant était sa masse de boucles rousses, qu'elle portait relevées en chignon avec des épingles mais que le vent avait ébouriffées. Puis elle remarqua son visage qui, malgré le rouge à joues, était ravissant : des traits fins et délicats, une bouche charnue.

Hooper s'adressa d'abord à la jeune fille.

— Flavia, je vous présente ma femme, Celia.

Et à l'instant où il se tourna vers elle, elle sut ce qu'il allait dire.

— Celia, je te présente Flavia Marlowe, bien que je croie qu'elle préfère ne pas utiliser son nom de famille.

Dans le regard de la jeune fille, Celia vit de la peur et de la confusion, mais aussi de la honte. Vivre dans la rue n'était pas un choix. Ce n'était qu'un moyen de survivre dans un monde qu'elle ne comprenait pas, le moins horrible des choix, du moins l'avait-elle cru au début.

— Entrez, dit Celia en lui souriant. Vous devez être frigorifiée. Voulez-vous une tasse de thé… ou de cacao ?

— Merci. Je… je…

Flavia hésita, ne sachant à l'évidence quoi répondre.

— Un cacao ? proposa Celia. Allez vous asseoir près du feu, je vais vous l'apporter.

Sans attendre davantage, elle leur ouvrit la porte du salon et s'en alla dans la cuisine.

Elle fit chauffer du lait, en quantité suffisante pour eux trois, dans lequel elle mélangea de la poudre de cacao. Elle réfléchit à ce qui avait pu se produire. Hooper avait été à la recherche de la jeune fille – ça, elle le savait – et il avait réussi à la retrouver, mais… dans quel but ? Flavia savait-elle qui avait écrit les lettres ? Était-ce elle ? L'avait-elle avoué ?

Et Marlowe savait-il que c'était elle, raison pour laquelle il ne les avait montrées à personne ? Ou l'avait-il juste soupçonné ?

Mais s'il le savait, pourquoi l'avait-il accusée ?

Celia repensa à la lumière soudaine apparue l'autre jour sur le visage de Marlowe. Si c'était bien à cet instant-là qu'il avait compris qui avait envoyé les lettres, ce brusque revirement s'expliquait. Pourquoi Hooper amenait-il la jeune fille chez eux ? Sans doute pas seulement pour résoudre l'affaire, mais pour qu'elle soit en sécurité.

Après avoir rempli trois tasses, elle les mit sur un plateau, ajouta quelques biscuits à l'avoine et au chocolat, puis emporta le tout au salon.

Comme par une habitude acquise dans l'enfance, et peut-être parce qu'elle retrouvait la familiarité d'un foyer où il y avait des tableaux sur les murs et un bouquet de fleurs hivernales sur la table, Flavia se leva pour prendre le plateau des mains de Celia et le posa délicatement sur le guéridon près de la cheminée. Elle donna une tasse à Hooper et en prit une à son tour en cherchant où s'asseoir. Sans qu'on ait eu besoin de le lui dire, elle avait compris que le fauteuil où elle avait pris place était celui de Celia et elle alla s'installer à un bout du canapé.

Ils burent le cacao en silence. Celia songea que chacun d'eux devait se demander comment aborder le sujet qui leur occupait à tous l'esprit. Que dire ? Cependant, tergiverser ou parler d'autre chose serait encore pire.

En sentant le regard de Flavia sur elle, Celia s'interrogea sur ce qu'elle éprouvait. De la haine à l'égard de son père, ou le désir qu'il approuve ce qu'elle était ? Un sentiment de pardon ? Du chagrin pour sa mère ? Le besoin d'entendre quelqu'un excuser son suicide, expliquer pourquoi celui-ci n'était pas le péché qu'avait prétendu Marlowe ? Souhaitait-elle que tout le monde oublie cette histoire et la voie telle qu'elle était, c'est-à-dire en aucun cas une jeune fille qui avait choisi de son plein gré de vivre dans la rue ?

Ce fut Hooper qui rompit le silence, en s'adressant directement à Celia, un peu comme si la jeune fille n'était pas là.

— Nous reste-t-il assez d'eau chaude pour que Flavia prenne un bain ?

— Oui, bien sûr. Elle ne peut pas aller se coucher en ayant aussi froid. Elle ne dormirait pas.

Pendant que Flavia prenait un bain chaud, Hooper parla tout bas à sa femme dans le salon.

— Je ferais mieux d'aller tout de suite voir Clementine. Il faut qu'elle sache que Flavia est ici avec nous, en sécurité.

— Bonne idée. Et pendant que tu seras chez elle, demande-lui si elle aurait une robe qui conviendrait à une jeune fille. Demain soir, c'est le réveillon de Noël…

Elle vit l'air surpris de son mari. Il n'avait pas vu les jours passer.

— Nous sommes prêts, dit-elle en lui souriant. Ne t'inquiète pas.

Après le départ de Hooper, pendant que Flavia se préparait à se mettre au lit, Celia lui demanda :

— Vous passerez Noël avec nous ?

Flavia eut l'air étonnée et gênée, comme si elle ne savait pas quoi dire, mais sans parvenir à cacher qu'elle en avait envie.

— Parfait ! dit Celia comme si elle avait répondu.

Flavia esquissa un sourire timide. Et soudain, elle eut un air affolé, pour ne pas dire terrifié.

Celia comprit aussitôt.

— Si vous n'en avez pas envie, vous n'êtes pas obligée d'aller à l'église. J'irai pour nous tous.

Hooper resserra son caban. Le vent féroce chargé de grésil tournerait probablement à la neige avant le matin. Il baissa la tête et avança contre les rafales.

La maison où logeait Clementine était distante de seulement un kilomètre. Il apercevait un mince rai de lumière sous les rideaux tirés. Arrivé devant la porte, il souleva le heurtoir en forme de tête de lion, puis le laissa retomber. Au bout de quelques secondes, la porte s'ouvrit sur Clementine.

— Mr. Hooper ! s'exclama-t-elle, surprise.

— Bonsoir, Miss Appleby, dit-il en souriant. Je suis venu vous demander un service.

— Entrez, je vous en prie… Quelle soirée épouvantable, et dire que c'est Noël demain !

Elle recula et l'invita à le suivre, ce qu'il fit après avoir refermé la porte, content de sentir la chaleur l'envelopper.

— Que puis-je faire pour vous ? demanda Clementine.

Hooper avait décidé de lui dire au moins qu'il avait retrouvé la fille de Seth Marlowe. Étant donné qu'elle l'apprendrait tôt ou tard, il préférait être franc.

— J'étais à la recherche de la fille de Seth, et je l'ai retrouvée, commença-t-il. Je l'ai ramenée chez nous parce qu'elle n'avait nulle part où aller. Elle vit dans la rue, comme Seth nous l'avait dit.

Clementine inspira en frémissant et hocha la tête, comprenant sur-le-champ ce que tout cela signifiait.

— Elle est chez nous, et j'aurais besoin de vous emprunter une robe, si vous en avez une dont vous pouvez vous séparer. Il la lui faudrait pour demain.

Devant son air interloqué, il ajouta :

— Elle a besoin de quelque chose de plus… convenable. Elle travaillait dans la rue… où elle racolait des clients.

Sa voix avait tremblé légèrement. La phrase sonnait comme un jugement, et c'en était un en effet, mais qui concernait Marlowe, pas sa fille.

Clementine se mordit la lèvre.

— J'espérais que son père avait exagéré, murmura-t-elle. Est-ce que… est-ce qu'elle va bien ?

Hooper décida de lui dire autant que possible la vérité, qu'elle finirait de toute façon par apprendre. Non, ce n'était pas vrai. Elle entendrait la version de l'histoire de Seth Marlowe. Hooper lui donnerait celle de Flavia.

— Non, pas vraiment, répondit-il. C'est elle qui a écrit les lettres qu'il a reçues. La haine qu'elle voue à son père est très profonde. Mais si elle croit à ce qu'elle dit, ce n'est guère surprenant.

Très vite, en quelques phrases, il lui résuma ce que Flavia lui avait raconté. Ce fut seulement lorsqu'il eut terminé qu'il se rendit compte à quel point tout cela était effroyable. Le visage de Clementine exprimait qu'elle l'avait compris. Mais c'eût été mentir que de tenter de minimiser les choses, elle le devinerait.

— Qu'allez-vous faire ? demanda-t-elle tout bas.

La peur qu'il voyait dans ses yeux était bien réelle. Le croyait-elle ? Ou cherchait-elle déjà une façon d'expliquer que ce n'était pas la faute de Seth ?

Hooper avait presque autant de peine pour Clementine que pour Flavia, sans doute parce que la blessure de la première était nouvelle, plus un choc qu'une longue dégringolade.

— Je ne sais pas encore, avoua-t-il. Pour l'instant, elle est nourrie, au chaud et a un endroit sûr où passer Noël. Il ne faut pas qu'elle reste seule, et encore moins dehors par ce temps glacial… À mon avis, il va neiger cette nuit.

La remarque semblait inappropriée. Car, ils le savaient tous les deux, le véritable froid à glacer les os était intérieur.

— Et demain ? l'interrogea Clementine.

— Je ne sais pas. Mais je ne peux pas la renvoyer à la rue.

— Non, naturellement. Peut-être… peut-être que l'on pourrait arranger une réconciliation ? Seth parle souvent de repentir, de pardon…

Son regard s'assombrit tandis qu'elle se sentait tiraillée entre l'espoir et la douleur de savoir que ce qu'elle réclamait équivalait probablement à un miracle. Mais Hooper savait qu'elle voulait qu'on la croie.

— Bien sûr, dit-il.

Que répondre d'autre ?

Pendant que Hooper s'entretenait avec Clementine, Celia écoutait Flavia raconter sa vie après qu'elle et sa mère avaient quitté Seth et mené une existence hasardeuse dans les rues, prenant un emploi lorsqu'elles en trouvaient un, souffrant en permanence de la faim et souvent du froid, mais Flavia jura que jamais elles ne l'avaient regretté. Il y avait eu des épreuves, mais aussi beaucoup de bonheur, la liberté de ne plus avoir peur d'être maltraitées physiquement, ou critiquées à propos de telle ou telle chose, sans qu'il soit jamais possible de susciter la moindre approbation.

À plusieurs reprises, Flavia parla également de la cruauté qui les avait poussées à prendre une décision aussi difficile et douloureuse. Il était évident que son père la terrifiait.

— Je me suis opposée à lui une seule fois, dit-elle en regardant Celia, comme si elle voulait que celle-ci croie en son courage.

Celia trouva pénible de voir les efforts que déployait la jeune fille pour conserver une certaine dignité, tout comme de constater à quel point elle avait envie de parler à quelqu'un de sa solitude, de sa peur et de son immense chagrin.

— J'ai regardé ma mère avancer dans la mer sans jeter un regard en arrière, poursuivait Flavia en la fixant droit dans les yeux. J'étais sur la plage… Sans même m'en rendre compte, j'ai couru au bord de l'eau en l'appelant… Mais elle voulait disparaître dans l'eau et dans les ténèbres pour ne plus exister.

Des larmes coulèrent sur ses joues.

Celia s'approcha. Il fallait qu'elle trouve quelque chose de réconfortant à dire à la jeune fille, n'importe quoi.

— Si votre père l'avait su, il aurait sûrement essayé de la retenir… Vous n'imaginez pas combien il est désolé aujourd'hui. Peut-être qu'il ne sait pas comment le dire. Certaines personnes ne savent pas.

— Il n'est pas désolé du tout ! s'écria Flavia d'un ton fermement convaincu.

— Vous n'en savez rien.

— Si, je le sais ! Nous étions près de la longue jetée, à l'endroit où les eaux profondes entraînent tout avec elles ! J'ai senti la force du courant alors que je n'avais de l'eau que jusqu'aux genoux…

Elle s'étrangla et perdit un instant la voix.

— Je l'ai vu ! Il nous cherchait… et il nous a trouvées ! Je l'ai vu là-haut sur la jetée, en train de nous observer et de regarder ma mère mourir… Il n'a pas fait un seul geste, rien ! Il s'est contenté de regarder…

Il n'y avait rien à dire. Celia prit la jeune fille dans ses bras. Elle la serra très fort et lui caressa les cheveux en posant sa joue contre la sienne, qu'elle sentit douce, brûlante et mouillée de larmes.

Ce fut quelque temps après qu'elle prit sa décision. Elle devait sans tarder parler à Arthur Roberson, qui allait répéter son sermon sur le don du pardon universel que la naissance du Christ offrait au monde. Il fallait à tout prix qu'il le modifie. Elle ne savait pas très bien ce qu'elle lui dirait, mais elle le lui dirait dès le soir même, pendant qu'il était encore temps qu'il le réécrive. Le lendemain, il serait trop tard.

Lentement, Celia relâcha la jeune fille et retourna s'asseoir.

— Je vais aller voir le pasteur, dit-elle.

Le regard de Flavia se remplit de frayeur.

— Pour lui parler de moi ? Vous ne pouvez pas me garder ici parce que je… je suis une mauvaise femme ?

— Quoi ? Dieu du ciel, non ! s'exclama Celia d'un air consterné. Vous êtes la bienvenue chez nous aussi longtemps que vous le voudrez ! Mais vous resterez de toute façon pour la fête de Noël et la semaine suivante, ou même après… Je veux lui parler de ce qu'il doit dire dans son sermon. Je sais ce qu'il a prévu, et ça ne va pas du tout.

— Vous lui dites ce qu'il doit dire ? demanda Flavia sans comprendre.

— Non, pas d'habitude, répondit Celia avec un petit sourire. Mais cette fois-ci, je vais le faire. Dimanche dernier, il a parlé du pardon.

Ce jour lui semblait remonter à une éternité.

— Vous ne croyez pas au pardon ? s'étonna Flavia, l'air troublé, comme si elle était impatiente de savoir.

— Si, naturellement. Mais il faut que je lui explique quelque chose… Restez ici au chaud, et remettez du charbon s'il le faut, mais veillez à ce que des morceaux ne tombent pas et ne brûlent le tapis… Et reprenez des biscuits, si vous voulez. Je serai vite de retour.

Après l'avoir embrassée sur la joue, Celia alla enfiler son manteau, mit une écharpe qui lui couvrait la tête et le cou, puis sortit sous la pluie et dans le vent de plus en plus fort.

Elle marcha à vive allure, réticente à laisser Flavia toute seule. Cependant, Arthur Roberson s'apprêtait à célébrer la messe de Noël devant tout le village, et elle ne pouvait pas le laisser dire avec passion une chose qu'il regretterait par la suite amèrement. Il fallait qu'elle le convainque ce soir même, pendant qu'il en était encore temps, de modifier son sermon.

Le chemin sombre s'étirait devant elle, entièrement désert. Tous les villageois étaient chez eux en famille, ou avec leurs chiens et leurs chats, assoupis devant le feu qui crépitait, inconscients de la force du vent ou du froid glacial. Elle resserra son écharpe et accéléra le pas.

Quand enfin elle arriva au presbytère, elle frappa à la porte. Plusieurs minutes s'écoulèrent. Elle dut frapper une seconde fois avant qu'Arthur Roberson vienne ouvrir.

— Celia ? Que se passe-t-il ? demanda-t-il d'un air étonné et aussitôt inquiet. Entrez… entrez ! Qu'est-il arrivé ?

Après avoir refermé la porte non sans mal à cause des rafales, elle le suivit dans son bureau, où les flammes d'un feu gigantesque s'élevaient en rugissant dans la cheminée.

— Oh, mon Dieu ! s'exclama le pasteur en les voyant. J'ai un peu exagéré…

Celia ne dit rien, mais elle songea par-devers elle que ce devait être une habitude lorsqu'il était tout seul. Quand il faisait nuit et froid, elle aussi, à l'époque où elle vivait seule, avait ressenti le besoin de plus de chaleur, d'un feu plus ardent.

— Que se passe-t-il, ma chère ? répéta Roberson.

— John a retrouvé Flavia, la fille de Marlowe, répondit-elle, s'efforçant d'être brève. Elle est chez nous et y restera tout le temps qu'elle le souhaitera.

Le regard du pasteur s'illumina de joie.

— Seth va être ravi… Je…

— J'en doute, le coupa Celia. Flavia est tout ce que prétend son père. Elle vit dans la rue et se prostitue. Et il a dit la vérité… Rose s'est suicidée.

Le visage de Roberson se défit.

— Mais il y a pire encore, murmura Celia, comme si le simple fait de l'évoquer lui répugnait. Il s'est conduit avec une telle cruauté que Rose est partie, et que sa fille l'a suivie. Au début, elles ont vécu de façon précaire, en ayant souvent froid, et faim plus souvent encore, mais en restant honnêtes. Marlowe les a poursuivies. Il aurait voulu ramener Rose de force à la maison, mais elle s'est échappée et est entrée dans la mer, jusqu'à ce que les flots l'emportent sans qu'il lui soit possible de revenir.

Roberson ferma les yeux, l'air accablé de douleur.

Celia devait en finir.

— Flavia m'a raconté qu'elle s'était précipitée sur le rivage en appelant sa mère, mais que pas une seule fois Rose ne s'était retournée. Elle a avancé volontairement dans l'eau glacée et l'obscurité…

Sa gorge se noua, néanmoins elle continua.

— Et ce n'est pas tout ! Flavia a vu Seth qui était là sur la jetée en train de les regarder… mais à aucun instant il n'a bougé.

— Oh, mon Dieu ! s'écria le pasteur, horrifié.

— Elle m'a dit que son père l'avait vue et que, au début, elle était trop paralysée d'horreur pour s'opposer à lui. Mais elle a fini par le faire. Au moment où il a tenté de la retenir, elle l'a bourré de coups de poing et de coups de pied jusqu'à ce qu'il finisse par la lâcher, après quoi elle s'est enfuie. Être à la rue valait mieux que retourner vivre avec lui…

Celia leva les yeux et enchaîna :

— Arthur, quand vous prendrez la parole demain, parlez du repentir et de la promesse de pardon du Seigneur, mais rappelez-nous que cela ne vaut rien si on ne comprend pas le mal qu'on a fait, pour quelle raison c'était mal, affreux, douloureux, et si on ne décide pas de ne plus jamais se conduire ainsi. C'est seulement à partir de là que l'on commence à guérir, et que l'on devient peu à peu quelqu'un qui ne se comportera plus jamais de cette façon. Dès lors, il est facile à ceux qui tiennent à vous de vous pardonner, car on n'est plus la même personne… Certes, on doit aussi pardonner aux autres. Mais une fois que l'on a vu la laideur au fond de soi, on comprend qu'il est facile de s'excuser, et combien il est difficile d'affronter la vérité et de changer…

Elle reprit sa respiration.

— C'est alors dans un acte délibéré qu'on pardonne aux autres, et parce qu'on ne peut faire autrement. En un sens, on reconnaît ce que l'on est intérieurement.

Le pasteur cherchait en vain les mots justes. Celia le devina à l'expression de son visage, à la façon qu'il avait de tenir ses mains croisées.

— Arthur, dites-le ! Dites que le repentir ne vaut rien sans la compréhension, suivie d'une véritable guérison ! Il faut changer. Dès lors, Dieu ne peut que nous pardonner, pardonner nos péchés dans la mesure où ils ne représentent plus qui l'on est !

Elle le regarda droit dans les yeux, désireuse qu'il comprenne, qu'il renonce à la simplicité du pardon qu'il avait imaginé et qu'il accepte son monde à elle, plus complexe mais en lequel il était plus facile de croire.

— Le pardon aveugle et inconditionnel ne guérit de rien, poursuivit Celia. Or nous avons besoin d'être guéris. Seth Marlowe vous dira qu'il s'est repenti, mais il n'a pas compris la nature et la gravité de ses fautes !

Cette fois encore, le pasteur prit le temps de réfléchir à ce qu'il allait dire.

— Il sait qu'il a commis des fautes, Celia. Mais vous avez raison… Si l'on est incapable de regarder ses fautes en face et de mettre un nom dessus, ce n'est pas du repentir.

— Nous en commettons tous. Le reconnaître n'est pas difficile, et le nier, impossible. Mais nommer les fautes honteuses et horribles qui révèlent nos faiblesses est une autre histoire…

Elle se tut, devinant à son regard qu'il lui fallait du temps pour appréhender la complexité et l'énormité que représentait une telle chose, et sa vérité. Alors qu'elle demeurait immobile en silence, elle vit le moment où il en fut convaincu, comme si, lentement, s'éveillait en lui une lumière plus profonde. Il ne lui demanda pas comment elle savait que c'était la vérité. Ça n'avait plus d'importance. Désormais, lui-même le savait.

— Merci, murmura Roberson.

Avant que l'un ou l'autre ait pu ajouter autre chose, la porte d'entrée s'ouvrit brusquement en heurtant le mur avec tant de force que toute la maison trembla. Arthur se leva à la seconde où Seth Marlowe entra en trombe dans le bureau, les traits ravagés de colère, les yeux jetant des éclairs. Sur l'instant, il vit seulement Arthur Roberson, et quand soudain il aperçut Celia, le peu de sang-froid qui lui restait s'envola.

— De quoi vous mêlez-vous, maudite femme ! Comment avez-vous l'audace de ramener ma traînée de fille ici dans ce village, à deux pas de ma future épouse !

Arthur vint se placer devant Celia et leva la main, comme pour empêcher Marlowe de l'agresser physiquement.

— Calmez-vous, Seth, vous ne faites que vous rendre ridicule ! Le moment est venu de la vérité. Votre femme est entrée dans la mer, seule et dans l'obscurité, en ayant l'intention de mourir. Et vous, vous n'avez rien fait pour l'en empêcher.

— Comment osez-vous ? s'écria Marlowe, tremblant de rage, les veines saillant sur ses tempes et sur son cou.

— Et tout aussi grave, ou pire, quand votre fille a couru sur le rivage en suppliant sa mère de revenir, vous n'avez pas bougé.

— Vous ne savez rien de ce qui s'est passé, pauvre imbécile ! Mais je connais du monde… Je vous ferai renvoyer et défroquer pour avoir enfreint le secret de la confession ! Vous êtes fini…

Roberson secoua la tête.

— Qu'est-ce qui ne va pas, Seth ? N'avez-vous donc aucune honte, aucune pitié ?

— Elle m'a trahie ! éructa Marlowe, tout son corps exprimant sa fureur. Rose s'est suicidée ! C'est un péché dont nul ne peut se repentir, parce qu'on ne s'en laisse pas le temps !

— Pour l'amour du Ciel, je ne parle pas de Rose ! Dieu veillera sur elle, tout comme sur votre fille que vous avez abandonnée… Je parle de vous, de vos péchés, de votre arrogance, de votre cruauté envers des êtres vulnérables, jour après jour et semaine après semaine !

— Ils ont conspiré pour monter Clementine contre moi ! s'écria Marlowe. Vous voudriez que je les laisse faire ?

Il reprit son souffle, prêt à continuer, mais il en fut empêché par l'arrivée de Hooper, accompagné de Clementine.

Hooper s'attendait à voir la jeune femme accablée de douleur, mais ce qu'il perçut sur son visage ressemblait plus à une prise de conscience qu'à de l'étonnement ou à de l'incrédulité. Les yeux de Clementine se remplirent de larmes. Quelque chose au fond d'elle était profondément meurtri.

Quand elle s'adressa à Seth Marlowe, son regard n'exprimait pas de la peur, mais de la pitié.

— Vous ne regrettez pas d'avoir fait du mal, Seth. C'est toujours la faute des autres, jamais la vôtre… Et pourtant, vous ne leur avez pas pardonné, parce que vous ne vous êtes pas pardonné à vous-même. J'ai cru que je vous aimais… Je voulais tellement avoir une famille, avoir des enfants…

Les traits de Marlowe se crispèrent de rage.

— Comment osez-vous me parler ainsi ? explosa-t-il en s'étranglant sur la dernière syllabe.

Il les regarda tour à tour : Clementine, qui le dévisageait sans ciller ; Arthur Roberson, qui s'était approché d'elle et avait posé doucement la main sur son bras ; Hooper, qui paraissait impassible, physiquement et émotionnellement.

— Vous n'avez pas votre place ici, Seth, dit le pasteur. À moins que vous n'acceptiez de faire preuve d'humilité et, surtout, d'avoir la générosité de cœur de pardonner.

— Jamais ! s'exclama Marlowe avec fureur.

Tout en pivotant sur lui-même, il foudroya Celia d'un regard noir, puis Hooper, et hurla :

— Allez tous au diable !

Sur ces mots, il sortit en trombe de la pièce. Un instant, il y eut le rugissement du vent, puis le bruit que fit la porte d'entrée lorsqu'il la claqua derrière lui.

Un silence s'abattit sur eux. Hooper se tourna vers Celia.

Elle savait déjà ce qu'allait dire son mari, car la même pensée venait de la traverser.

— Oui, va vite chercher Flavia, lui dit-elle avant qu'il ait pu ouvrir la bouche. S'il décide d'aller chez nous, il ne faut pas qu'elle soit seule. Il est tellement fou de rage qu'il serait capable de briser une vitre pour entrer dans la maison…

— Oui, allez-y, acquiesça Roberson. Nous fermerons à clé derrière vous, bien que je ne pense pas que Marlowe revienne ici. Nous ne courons aucun risque.

Personne ne protesta. Personne ne nia le danger.

Hooper adressa un bref regard à sa femme, un regard d'une infinie douceur, et, dès qu'il fut parti, ils refermèrent derrière lui en tirant les verrous.

Après un silence de quelques minutes, Celia prit la parole :

— Arthur, auriez-vous assez de lait et de cacao pour préparer des boissons chaudes ? Quand ils arriveront, ils seront transis de froid.

Roberson se tourna vers Clementine et lui sourit avec tendresse.

— Naturellement. Tout presbytère se doit d'en avoir… Et il y a aussi du cognac.

— Merci, dit Celia avec gratitude. Tu viens m'aider ? demanda-t-elle à Clementine en la prenant par le bras.

— Oui, bien sûr, répondit la jeune femme, semblant revenir lentement à la vie. Tu sais où se trouvent les choses ? Montre-moi…

Toutes deux partirent se mettre à la tâche sans prononcer un mot, mais dans un compagnonnage silencieux. Celia ne cessait de lancer des coups d'œil inquiets à son amie, dont l'univers venait de s'écrouler de façon si épouvantable. Elle vit que celle-ci comprenait ce qu'elle avait perdu, quand bien même ça n'avait jamais vraiment existé.

Lorsque Hooper revint avec Flavia, ils déverrouillèrent la porte pour les laisser entrer. Clementine dévisagea la jeune fille d'un œil incrédule, puis un sourire radieux se dessina sur ses lèvres.

— Bessie… Flavia ?

Celle-ci se détendit à mesure que ses peurs s'évanouissaient. Ses yeux se mirent à briller de soulagement.

— Clementine, je…

Clementine vint la prendre dans ses bras et la serra tout contre elle.

Roberson sourit de plus belle.

Et soudain, le son clair et pur des cloches de l'église retentit dans la nuit, égrenant les notes d'un cantique de joie. Le lendemain, on fêterait Noël.

Du même auteur
aux Éditions 10/18

À L'OMBRE DE LA GUILLOTINE, n° 3690
DU SANG SUR LA SOIE, n° 4470

Série « Petits crimes de Noël »

LA DISPARUE DE NOËL, n° 3858
LE VOYAGEUR DE NOËL, n° 3961
LA DÉTECTIVE DE NOËL, n° 4068
LE SECRET DE NOËL, n° 4174
LA PROMESSE DE NOËL, n° 4279
LA RÉVÉLATION DE NOËL, n° 4389
UN NOËL PLEIN D'ESPOIR, n° 4496
L'ODYSSÉE DE NOËL, n° 4607
LE SPECTACLE DE NOËL, n° 4770
NOUVEAUX CONTES DE NOËL
UN NOËL À KANPUR, n° 4841
LE CONDAMNÉ DE NOËL, n° 4983
UN NOËL À NEW YORK, n° 5130
UN NOËL EN SICILE, n° 5255
UN NOËL À JÉRUSALEM, n° 5393
LE CURIEUX NOËL DE MRS. ELLISON, n° 5499
UN NOËL AU BORD DE LA TAMISE, n° 5609
LE CORBEAU DE NOËL, n° 5709

Série « Charlotte et Thomas Pitt »

L'ÉTRANGLEUR DE CATER STREET, n° 2852
LE MYSTÈRE DE CALLADER SQUARE, n° 2853
LE CRIME DE PARAGON WALK, n° 2877
RESURRECTION ROW, n° 2943
RUTLAND PLACE, n° 2979
LE CADAVRE DE BLUEGATE FIELDS, n° 3041
MORT À DEVIL'S ACRE, n° 3092

MEURTRES À CARDINGTON CRESCENT, n° 3196
SILENCE À HANOVER CLOSE, n° 3255
L'ÉGORGEUR DE WESTMINSTER BRIDGE, n° 3326
L'INCENDIAIRE DE HIGHGATE, n° 3370
BELGRAVE SQUARE, n° 3438
LE CRUCIFIÉ DE FARRIERS' LANE, n° 3500
LE BOURREAU DE HYDE PARK, n° 3542
TRAITORS GATE, n° 3605
PENTECOST ALLEY, n° 3665
ASHWORTH HALL, n° 3743
BRUNSWICK GARDENS, n° 3823
BEDFORD SQUARE, n° 3884
HALF MOON STREET, n° 3948
LA CONSPIRATION DE WHITECHAPEL, n° 3987
SOUTHAMPTON ROW, n° 4029
SEVEN DIALS, n° 4086
LONG SPOON LANE, n° 4111
BUCKINGHAM PALACE GARDENS, n° 4227
LISSON GROVE, n° 4333
DORCHESTER TERRACE, n° 4509
BRYANSTON MEWS, n° 4653
L'INCONNUE DE BLACKHEATH, n° 4786
LA DISPARUE D'ANGEL COURT, n° 5043
L'ATTENTAT DE LANCASTER GATE, n° 5178
UN TRAÎTRE À KENSINGTON PALACE, n° 5362

Série « Daniel Pitt »

UN INNOCENT À L'OLD BAILEY, n° 5444
LE MANOIR D'ALDERNEY, n° 5567
LE BRASIER DE TOOLEY STREET, n° 5681
LE PRIX DE L'ORGUEIL

Série « William Monk »

UN ÉTRANGER DANS LE MIROIR, n° 2978
UN DEUIL DANGEREUX, n° 3063

Défense et trahison, nº 3100
Vocation fatale, nº 3155
Des âmes noires, nº 3224
La marque de Caïn, nº 3300
Scandale et calomnie, nº 3346
Un cri étranglé, nº 3400
Mariage impossible, nº 3468
Passé sous silence, nº 3521
Esclaves du passé, nº 3567
Funérailles en bleu, nº 3640
Mort d'un étranger, nº 3697
Meurtres sur les docks, nº 3794
Meurtres souterrains, nº 3917
Mémoire coupable, nº 4230
La fin justifie les moyens, nº 4446
Une mer sans soleil, nº 4579
Une question de justice, nº 4747
Du sang sur la Tamise, nº 4816
Le couloir des ténèbres, nº 5101
Vengeance en eau froide, nº 5228
Meurtre en écho, nº 5376
Marée funèbre, nº 5461

Série « Joseph et Matthew Reavley »

Avant la tourmente, nº 3761
Le temps des armes, nº 3863
Les anges des ténèbres, nº 4009
Les tranchées de la haine, nº 4024
À la mémoire des morts, nº 4140

Série « Elena Standish »

Dans l'œil du cyclone, nº 5673
Dans les bras de l'ennemi

Imprimé en Espagne par
Liberdúplex
à Sant Llorenç d'Hortons (Barcelone)
en octobre 2021